Rêver le progrès
5 nouvelles d'anticipation

ÉTONNANTS • CLASSIQUES

Rêver le progrès

5 nouvelles d'anticipation

Présentation, choix des nouvelles, notes et dossier par
FABIEN CLAVEL *et* ISABELLE PÉRIER,
professeurs de lettres

Flammarion

**Sur le thème « Progrès et rêves scientifiques »
dans la collection « Étonnants Classiques »**

BORDAGE (Pierre), *Nouvelle Vie™ et autres récits*
FENWICK (Jean-Noël), *Les Palmes de monsieur Schutz*
LANGELAAN (George), *La Mouche. Temps mort*
MATHESON (Richard), *Enfer sur mesure et autres nouvelles*

© Éditions Flammarion, 2017.
ISBN : 978-2-0813-9575-6
ISSN : 1269-8822

SOMMAIRE

Rêver le progrès

I. AMÉLIORER L'HUMAIN

II. VERS UNE VIE ARTIFICIELLE

III. DÉFIER L'ESPACE-TEMPS

ENTRETIEN AVEC PIERRE BORDAGE

Né en 1955, Pierre Bordage est un des auteurs français de science-fiction les plus prolifiques de sa génération : il a publié pas moins d'une quarantaine de romans ainsi qu'une trentaine de nouvelles (voir le Dossier p. 178, pour un extrait de sa nouvelle «Césium 137»). Ses nombreux cycles romanesques comme *Les Guerriers du silence* (1993-1995) ou *La Fraternité du Panca* (2007-2012) font de lui l'un des principaux représentants du *space opera*[1] français. Son œuvre aborde des thèmes comme la mythologie, le voyage et la quête spirituelle. Dans un entretien exclusif accordé à la collection «Étonnants Classiques», il a accepté de nous parler de sa passion pour la science-fiction.

1. Comment définiriez-vous le genre de la science-fiction ?

Éternelle question. Elle est en théorie un genre de l'imaginaire fondé sur les évolutions scientifiques. Mais on ne peut la réduire à cette définition simpliste. Il me paraît préférable de l'approcher par ses atouts, qui sont à mon sens au nombre de trois :

– le merveilleux voyage proposé par la projection dans l'espace et/ ou le temps, ou l'effet «vertige» ;

– la possibilité qu'offre la science-fiction de développer les interrogations sur le présent et donc d'ouvrir des pistes de réflexion ;

---

1. *Space opera* : voir le glossaire, p. 160.

– l'interrogation philosophique ou métaphysique[1] présente dans la plupart des grands textes depuis que l'être humain est en âge de conscience.

Ces trois atouts, plus ou moins combinés, dessinent pour moi les contours du genre qui, de toute façon, emprunte également à la fantaisie (la vitesse lumière n'est-elle pas assimilable à de la magie ?) ou au fantastique (la plupart des E.T. présentent quelques ressemblances avec les créatures monstrueuses croisées dans les livres ou des films fantastiques).

2. Quel rôle la science-fiction a-t-elle face à la société de contrôle ?

Je reviens à mon atout n° 2. La SF a un rôle d'avertissement face à la tentation de contrôle qui hante les sociétés humaines depuis la nuit des temps. Les systèmes de pensée mis en place par les religions sont un emprisonnement de l'esprit humain qui, par nature, est infiniment fluide, et libre à l'intérieur. Le contrôle est lié au pouvoir : les dirigeants, qu'ils soient religieux ou civils, tentent sans cesse de consolider leur légitimité par le contrôle, qu'il s'appuie sur des dogmes ou sur la technologie, la technologie n'étant d'ailleurs qu'une évolution naturelle des croyances religieuses. On a remplacé les espoirs d'une vie meilleure dans l'au-delà par le sentiment d'appartenance à une élite consommatrice. La religion n'est qu'une captation[2] matérielle de la spiritualité libre, spontanée, la consommation nous enferme un peu plus dans nos impasses matérielles. Dans les deux cas, il y a volonté de contrôle. Il nous faut ré-apprendre la véritable liberté, et les romanciers de SF ont leur rôle à jouer dans cette profonde mutation.

---

1. Métaphysique : qui a trait à notre conception du monde ou de la vie.
2. Captation : manière de s'emparer de quelque chose.

3. *Comment percevez-vous le transhumanisme*[1] *?*

Comme un danger. Comme une impasse. Comme une aspiration irrésistible à l'immortalité. La peur de la mort, qui est la condition de l'être humain comme de tout être vivant sur cette Terre (bon, d'accord, certaines tortues atteignent les 350 ans, quelques-unes d'entre elles ont connu la Révolution...), pousse les hommes au transhumanisme, à l'humain augmenté, avant même d'avoir expérimenté sa véritable condition. Comme si les hommes se reniaient et cherchaient des solutions de substitution. Affrontons qui nous sommes avant de créer qui nous ne sommes pas. Il s'agit encore une fois d'une course effrénée vers les pseudo-certitudes matérielles ; n'oublions jamais que la matière elle-même, de nature vibratoire, n'a de réalité que l'apparence.

4. *Wells, Bradbury et Asimov sont-ils des auteurs qui vous ont inspiré ?*

Wells, pas tellement ; Asimov, un peu et Bradbury, beaucoup, dans la mesure où c'est son recueil de nouvelles, *Chroniques martiennes*, qui m'a donné envie de me frotter au genre SF. J'ai découvert Wells plus tard, et, si je suis admiratif du travail d'Asimov dans la série *Fondation*, son écriture ne m'a pas autant transporté que celle de Bradbury.

5. *Vous sentez-vous proche d'auteurs français contemporains comme Fabrice Colin, Johan Heliot ou Alain Damasio ?*

Oui, parce qu'ils sont mes contemporains, que je les connais et les rencontre régulièrement, que j'ai apprécié les livres que j'ai lus d'eux. Nous sommes, en revanche, différents par les thèmes

---

1. *Transhumanisme* : mouvement culturel et intellectuel international qui prône l'usage des sciences et des techniques afin d'améliorer les caractéristiques physiques et mentales des êtres humains.

développés et les styles d'écriture, et tant mieux : nous jouons chacun notre note dans la symphonie. J'aime les expérimentations littéraires de Fabrice, l'art du conteur et l'énergie de Johan et l'exigence formelle d'Alain, notamment dans *La Horde du Contrevent*, son roman phare.

PRÉSENTATION

Qu'est-ce que la science-fiction?

Une définition très large

S'il est facile de reconnaître une œuvre de science-fiction (communément désignée par l'abréviation « SF ») et d'en donner des exemples, il est plus difficile de s'accorder sur une définition qui fasse l'unanimité. En effet, bien que sa composante scientifique et futuriste paraisse évidente, elle relève aussi de critères arrêtés, qui ne permettent pas d'inclure de très nombreuses œuvres littéraires ou cinématographiques – à commencer par la fameuse saga *Star Wars*. Dans son *Encyclopédie de l'utopie, des voyages extraordinaires et de la science-fiction* (1972), Pierre Versins fait remonter l'origine de la science-fiction à la mythique quête d'immortalité de Gilgamesh[1], c'est-à-dire à quatre ou cinq mille ans : « la science-fiction est un univers plus grand que l'univers connu. Elle dépasse, elle déborde, elle n'a pas de limites, elle est sans cesse au-delà d'elle-même, elle se nie en s'affirmant, elle expose, pose et préfigure, elle extrapole[2]. Elle

---

1. *Gilgamesh* : personnage héroïque de la Mésopotamie antique, roi de la cité d'Uruk, dont les exploits sont racontés dans l'*Épopée de Gilgamesh*, une des œuvres littéraires les plus anciennes de l'humanité.
2. *Extrapole* : tire des conclusions qui dépassent les données connues.

invente ce qui a peut-être été, ce qui est sans que nul ne le sache, et ce qui sera ou pourrait être. [...] Elle est avertissement et prévision, sombre et éclairante[1]. » Toutefois, cette définition semble bien large et, en définitive, englobe une bonne partie de la littérature. En effet, elle laisse de côté un paramètre très important : la science, incluse dans le terme « science-fiction ». Pour mieux comprendre les contours et les limites du genre, il faut donc remonter plusieurs siècles en arrière.

Une brève histoire de la science-fiction

Aux origines du genre

L'origine du mot « science-fiction » est bien connue : le terme a été inventé par Hugo Gernsback (1884-1967), le fondateur de la première revue de SF, *Amazing Stories* (« Histoires fantastiques »), en 1926. Mais l'origine d'un mot ne conditionne pas l'origine d'un genre, surtout lorsqu'il est polymorphe[2] comme peut l'être la science-fiction, qui embrasse quantité de supports et de sous-genres.

On lui a attribué d'illustres ancêtres : l'orateur grec Lucien de Samosate, avec ses *Histoires vraies* (IIe siècle apr. J.-C.), Cyrano de Bergerac, avec son *Histoire comique des États et Empires de la Lune* (1656), Louis Sébastien Mercier, avec *L'An 2440* (1771), Voltaire,

---

1. Pierre Versins, *Encyclopédie de l'utopie, des voyages extraordinaires et de la science-fiction*, Lausanne, L'Âge d'homme, 1972, p. 8.
2. *Polymorphe* : qui peut adopter plusieurs formes.

avec son célèbre géant venu de Sirius, *Micromégas* (1752), ou encore Jonathan Swift, avec ses *Voyages de Gulliver* (1728). Si toutes ces œuvres témoignent bien d'une interrogation sur la place de l'homme dans l'univers, sur l'avenir et sur nos connaissances, les intrigues restent pourtant peu vraisemblables. Il faut attendre le XIXᵉ siècle et l'essor de la révolution industrielle pour que la littérature de science-fiction voie véritablement le jour.

Une littérature d'imagination scientifique

Beaucoup de commentateurs s'accordent pour faire remonter la date de naissance de la science-fiction à la parution du célèbre roman de Mary Shelley, *Frankenstein ou le Prométhée*[1] *moderne* (1818). Celui-ci pose les termes du débat sur la science et sur la figure du savant. Il est également une interrogation sur le prix à payer pour la maîtrise de la puissance scientifique. Il constitue enfin une spéculation inspirée par les découvertes du XIXᵉ siècle.

Peu à peu, une littérature rationnelle d'imagination scientifique fait son apparition dans les pays industrialisés, et notamment en France et en Angleterre. Nommée *scientific romance* au Royaume-Uni, elle est généralement désignée en France par l'expression « anticipation scientifique ». Son représentant le plus célèbre est évidemment Jules Verne, avec son *Voyage au centre de la Terre* (1864), ou encore *Vingt Mille Lieues sous les mers* (1870) qui a fait l'objet d'innombrables récritures et adaptations. L'œuvre de Jules Verne se veut didactique[2] et constitue

---

1. *Prométhée* : titan de la mythologie grecque qui, par amour de l'humanité, vole le feu de Zeus et le confie aux hommes. Comme punition, il est enchaîné à une montagne et condamné à avoir le foie dévoré par l'aigle de Zeus. Le supplice se répète chaque jour car le foie repousse. Finalement, Zeus permet à son fils Héraklès de délivrer le titan.
2. *Didactique* : qui vise à instruire.

une extrapolation à court terme des moyens scientifiques de son époque. La technologie devient un objet de fascination et permet le recours au merveilleux.

Du côté anglo-saxon, H.G. Wells (voir « Le Nouvel Accélérateur » p. 36-58) est considéré par beaucoup de critiques comme le père fondateur de la science-fiction, avec ses romans *La Machine à explorer le temps* (1895) ou *La Guerre des mondes* (1898), qui introduisent deux thèmes constitutifs de l'imaginaire de SF : la découverte d'une race extraterrestre et le conflit qui en résulte, ainsi que le voyage dans le temps. Toutefois, Wells sort du domaine du divertissement pour allier lyrisme, idéologie et récriture de mythes anciens, tout en soulignant l'importance de la science dans la société.

Cette première littérature de SF témoigne à la fois d'un regard critique sur la société et sur le royaume des machines. Elle fonde un premier mouvement qui permet de spéculer, d'explorer, de rêver ou de cauchemarder sur le nouveau monde que construisent alors la science et la technologie. Cependant, ce premier élan européen sera ralenti – presque interrompu – par la rupture que constitue l'année 1914.

La rupture de 1914 et la SF américaine

La Première Guerre mondiale et son cortège d'horreurs liées à la guerre industrielle (production en masse de munitions, gaz de combat, bombardements d'artillerie, débuts de l'aviation) mettent fin à l'enthousiasme du public européen pour le progrès scientifique. Le contrecoup psychologique du conflit prive l'imaginaire scientifique de tout appui populaire et intellectuel. Le pessimisme généralisé tend à rejeter la science-fiction dans les marges de la littérature, là où l'optimisme est toléré, à savoir dans la littérature enfantine. Toutefois, la SF trouve un terrain propice à son développement aux États-Unis, épargnés par la guerre et en pleine expansion économique.

En effet, l'après-guerre voit le développement des *pulps* américains, des magazines bon marché dédiés à toutes sortes de littératures populaires qui prolongent des thèmes déjà exploités en Europe avant la guerre par Jules Verne et Arthur Conan Doyle[1] : les civilisations perdues, les races inconnues, les aventures exotiques et la représentation d'un colonialisme étendu aux planètes proches. Or ces *pulps* sont spécialisés dans différents genres : combats de boxe, combats d'aviation, horreur, western... C'est dans ce mouvement que s'inscrit la création du magazine *Amazing Stories* par Hugo Gernsback en 1926. Celui-ci veut promouvoir le goût de la science et de la technique aux États-Unis par le biais de fictions didactiques spécifiques. Après avoir catégorisé ces récits sous le terme de « scientifiction », il adopte le terme « science-fiction » que nous utilisons aujourd'hui. Ce mouvement s'amplifie sous l'influence de John W. Campbell qui rejoint en 1930 l'équipe de *Astounding*, une parution visant à faire concurrence à *Amazing Stories*. C'est le début de ce que l'on appelle encore « l'âge d'or » de la science-fiction.

Un âge d'or de la science-fiction ?

L'âge d'or de la science-fiction américaine, c'est avant tout une série de grands noms : Isaac Asimov (voir « Satisfaction garantie » p. 92-118), Ray Bradbury (voir « Un coup de tonnerre » p. 136-158), Fredric Brown, Robert Heinlein, Clifford Simak ou encore Alfred

---

1. *Arthur Conan Doyle* (1859-1930) : écrivain anglais, célèbre notamment pour avoir inventé le personnage de Sherlock Holmes.

E. Van Vogt ; et, un peu plus tard, Philip K. Dick, Richard Matheson et Frank Herbert. Ces nouveaux talents se font connaître dans des magazines devenus célèbres : *The Magazine of Fantasy and Science*, fondé en 1949, et la revue *Galaxy*, créée en 1950.

Les thèmes science-fictionnels s'enrichissent : c'est l'avènement du *space opera* [1] et des récits qui arpentent avec optimisme les vastes territoires de l'espace. Les intrigues prennent appui sur les nouvelles avancées de la science (les théories d'Einstein et de Planck) [2], la philosophie (comme Van Vogt dans *Le Monde des Ā*), l'histoire et ses possibilités (comme le cycle *Fondation* d'Asimov), l'écologie, la politique et la mystique [3] (dans le cycle *Dune* de Herbert). L'actualité et le spectre d'une apocalypse nucléaire tempèrent l'enthousiasme technophile et donnent naissance à nombre de récits guerriers et post-apocalyptiques (comme *Un cantique pour Leibowitz* de Walter M. Miller). Mais la science-fiction questionne également l'identité de l'individu et la réalité du monde, notamment avec l'œuvre de Philip K. Dick. Ce développement du genre donne naissance à de nombreuses œuvres qui se donnent à lire ou à voir *via* différents médias : le cinéma, la télévision ou encore la bande dessinée.

Pourtant, en France, et plus généralement en Europe, le mouvement d'expansion de la science-fiction reste hésitant. Certains écrivains s'y intéressent : Boris Vian traduit Van Vogt et Bradbury ; Raymond Queneau publie dans la revue *Critique* un article

---

1. *Space opera* : voir le glossaire, p. 160.
2. *Les théories d'Einstein et de Planck* : Albert Einstein (1879-1955) et Max Planck (1858-1947) sont deux scientifiques célèbres pour leurs travaux qui ont révolutionné la physique moderne, respectivement sur la relativité et sur la mécanique quantique.
3. *La mystique* : l'ensemble des croyances spirituelles.

intitulé «Un nouveau genre littéraire : les sciences-fictions».
Michel Butor[1] s'y intéresse également. Mais aucun d'entre eux
n'ira jusqu'à en écrire : faut-il voir dans cette timidité une
marque du discrédit porté sur la culture de l'anticipation scientifique ? Pendant cette période, la politique éditoriale favorise surtout les maîtres américains, même si la production francophone
nous a laissé de grandes œuvres comme les romans de René
Barjavel (*Ravages*, 1943) ou encore l'œuvre de Stefan Wul
(*Niourk*, 1957).

La *New Wave*

La *New Wave* est un mouvement des années 1960 qui prend
acte du fait que la science et la technologie sont désormais partout et que la science-fiction doit explorer non pas seulement
les artefacts[2] technologiques mais surtout leur impact sur la
société. Il souhaite également redorer l'image que le grand
public a de la science-fiction et combler le fossé qui la sépare de
la littérature générale.

Ainsi, *New Worlds*, le magazine de science-fiction et de *fantasy*, prend une orientation nouvelle en 1964 sous l'impulsion
de Michael Moorcock et de James Graham Ballard. Sous leur
égide, la *New Wave* se manifeste comme un groupe littéraire
moderne et essaie de faire de la science-fiction un lieu d'expérimentations mentales, littéraires et artistiques. Elle transgresse
les tabous du genre en parlant de sexualité, en produisant des
textes expérimentaux, des jeux surréalistes et en menant des

---

1. *Boris Vian* (1920-1959), *Raymond Queneau* (1903-1976) et *Michel Butor*
(1926-2016) sont des écrivains français qui partagent un intérêt pour l'expé-
rimentation littéraire.
2. *Les artefacts* : les produits issus de l'industrie.

recherches semblables à celles du Nouveau Roman[1] français. Il ne s'agit plus pour elle d'explorer les espaces extérieurs, comme dans le *space opera* de l'âge d'or, mais bien l'espace intérieur (*inner space*). La *New Wave* est un mouvement important dans l'histoire de la science-fiction car elle a modifié la représentation que beaucoup se faisaient du genre en le présentant comme un domaine hétérogène et riche en potentialités.

Le *cyberpunk*[2]

Le mouvement dit *cyberpunk* naît dans les années 1980. Il s'agit d'un néologisme qui accole le préfixe « cyber », né de la « cybernétique » (une branche de la science qui étudie les liens entre le vivant et la machine) de Norbert Wiener (1948), et le mot « punk » qui désigne le mouvement contestataire né en Angleterre dans les années 1970. Les thématiques *cyberpunk* ont aujourd'hui envahi le paysage science-fictionnel et, d'une certaine manière, notre quotidien. En effet, le *cyberpunk* s'est très tôt intéressé à l'exploration des interfaces entre esprit humain et informatique, aux intelligences artificielles (IA) et à leur possible autonomie, à la représentation de l'Internet, aux manipulations du corps humain par la science (à travers les greffes mécaniques, par exemple). Toutes ces thématiques, qui font aujourd'hui partie de nos questionnements contemporains sur les rapports entre l'homme et la technologie, et notamment l'informatique, ont été développées par le mouvement du *cyberpunk*, devenu un sous-genre de la science-fiction.

---

1. *Nouveau Roman* : mouvement littéraire français du milieu du XXe siècle qui tente de redéfinir les conventions du roman traditionnel, héritées du XIXe siècle.
2. *Cyberpunk* : voir le glossaire, p. 159.

Quelle SF aujourd'hui?

Sans renier l'héritage du passé, la science-fiction d'aujourd'hui s'articule autour de plusieurs courants. Le premier est celui d'une réaction au pessimisme inhérent au *cyberpunk* : de cette réaction sont nés le genre du *postcyberpunk*, qui met en scène des mondes informatisés et ultra technologiques mais présente des héros moins marginaux et des univers moins pessimistes, et celui du *steampunk*[1], qui allie l'héritage des écrivains du merveilleux scientifique (comme Verne ou Wells) à des problématiques contemporaines, le tout dans une esthétique de l'hybridation à l'inventivité sans cesse renouvelée.

En outre, la science-fiction suit et met en scène les questionnements contemporains sur le transhumanisme[2], contribuant ainsi à explorer ce que pourrait être – ou sera – l'humanité de demain. Ainsi, le *Cycle de la Culture* (1987-2012) de Iain M. Banks s'interroge sur les conditions d'une utopie[3] où l'humanité, libérée de toutes les contingences[4] liées à sa nature, y compris la mort, vivrait de manière nomade dans l'espace sous la garde d'IA bienveillantes. Dan Simmons, dans *Les Cantos d'Hypérion* (1989-1997) et dans son diptyque *Ilium* et *Olympos* (2003-2005), livre le tableau assez sombre d'une société à la merci des IA qu'elle aurait construites et qui chercheraient à l'annihiler ou à la dominer pour son bon plaisir.

Enfin, les frontières qui voulaient cantonner la science-fiction du côté de la littérature de genre ou de la littérature pour la jeunesse ont fini par céder. D'une part, de nombreux auteurs de

---

1. *Steampunk* : voir le glossaire, p. 160.
2. *Transhumanisme* : voir note 1, p. 5.
3. *Utopie* : société future idéale, dans laquelle chacun trouve son bonheur.
4. *Contingences* : événements imprévisibles.

littérature générale s'intéressent à la science-fiction et reprennent nombre de ses procédés. Ainsi, Michel Houellebecq, par exemple, s'intéresse à la posthumanité et verse du côté de l'anticipation dans *Les Particules élémentaires* (1998) ou *La Possibilité d'une île* (2005). D'autre part, les auteurs contemporains de science-fiction prolongent les recherches de la *New Wave* en faisant du genre un terrain d'expérimentations littéraires. Iain M. Banks est à la fois un auteur de littérature au sens large (*ENtreFER*, 1986) et de science-fiction, et son *Cycle de la Culture* témoigne de recherches littéraires héritées de la modernité du XXe siècle. Les auteurs français ne sont pas en reste : Alain Damasio (voir Dossier, p. 172) revendique une recherche à la fois philosophique et littéraire poussée dans ses œuvres.

Les invariants du genre

La SF n'a pu émerger qu'à partir du moment où la science, solidement implantée dans la société, est devenue matière à extrapolations, à rêveries et à cauchemars. Elle est donc intimement liée à l'imaginaire scientifique et technologique et s'épanouit là où la science est ancrée dans la société et les modes de pensée : les pays occidentaux, la Russie – ou l'URSS, autrefois –, le Japon et la Chine. Dans cette perspective, on pourra retenir la définition de Roger Bozzetto, qui place la science-fiction au cœur des interrogations et des spéculations humaines sur la science et la technologie : « La SF explore ou construit à sa façon, dans l'imaginaire, les rapports qu'entretient l'humanité, occidentale en premier lieu, avec un environnement technologique, médiatique et même psychique, issu de découvertes réelles ou supposées. Elle contribue à un travail d'apprivoisement mental du futur, et même du présent, grâce à de nouvelles métaphores empruntées aux technologies nouvelles, et initie à notre techno-culture[1]. » La science tient donc un rôle central dans la SF, même si sa place et sa représentation, on l'a vu, ont évolué.

La science-fiction a également été définie par le *sense of wonder*[2] qu'elle provoque chez son lecteur, à savoir une sensation d'émerveillement ou de sidération face à des futurs ou à des univers possibles et étranges. C'est l'une des raisons pour lesquelles elle s'apparente à la philosophie qui, depuis Platon et Aristote, place l'étonnement au cœur de sa démarche. En provoquant la surprise par quelque chose d'inattendu ou d'extra-ordinaire, la science-fiction nous pousse à réfléchir sur la science et la technique, sur le futur et sur notre présent. La SF est d'ailleurs parfois présentée comme une variante du conte philo-sophique qui critique la société en ayant recours au procédé du décalage. Elle s'apparenterait ainsi à l'apologue[3], notamment dans ses composantes utopiques, dystopiques et uchroniques[4]. En effet, en mettant en scène l'exploration de mondes lointains ou futuristes, elle reprend le procédé du décentrement et du point de vue décalé propre aux contes philosophiques et aux apologues les plus traditionnels, comme dans le *Micromégas* de Voltaire. Or, ce décalage donne lieu à une série de questionne-ments. C'est le principe du « what if ? » (« et si... ? »), qui fonde une très large partie de la science-fiction : et si la science rendait possible l'immortalité ? Et si les machines possédaient une conscience ? Et si l'on parvenait à voyager dans le temps ? Autant

---

1. Roger Bozzetto, *La Science-fiction*, Armand Colin, coll. « 128 », 2007, p. 11.
2. *Sense of wonder* : en science-fiction, il s'agit d'un concept fréquemment utilisé pour désigner cet état d'émerveillement dans lequel est plongé le lecteur.
3. *Apologue* : court récit qui donne une leçon morale.
4. *Utopiques, dystopiques et uchroniques* : voir le glossaire p. 159-160.

d'interrogations qui ne peuvent être expérimentées qu'en imagination, par la philosophie ou par la littérature.

Toutefois, il ne faut pas minimiser le plaisir de lecture que procure la découverte des mondes merveilleux de la science-fiction. En effet, celle-ci n'a pas que des vertus réflexives : elle déploie un imaginaire riche et inventif. Elle le tire notamment de son lien avec les grands mythes auxquels elle se rattache. Pour explorer les possibilités de la science et ses répercussions sur la vie humaine, la SF a recyclé nombre de mythes des ères et des cultures antérieures : des mythes en rapport avec l'histoire et son sens − mythes de l'âge d'or[1], de la création, de la décadence ou de la fin du monde −, des mythes en rapport avec le désir de perfectionnement et d'immortalité de l'homme, et des mythes questionnant le rapport entre l'homme et la science. À travers son exploration de notre technoculture, la science-fiction contribue à la déconstruction et à la reconstruction de ces mythes anciens ou modernes.

On n'arrête pas le progrès!

L'idée de progrès

Si l'idée de progrès se rencontre de manière embryonnaire pendant l'Antiquité, elle prend son essor au XVIIe siècle, non seulement avec la querelle des Anciens et des Modernes, qui tend

---

1. *Mythe de l'âge d'or* : dans la mythologie grecque, l'âge d'or est le premier âge de l'humanité, qui suit la création de l'homme. Il s'agit d'une période d'abondance et de bonheur.

à valoriser l'idée de progrès afin de minimiser l'influence antique, mais également avec les débuts de la science moderne. L'idée de progrès considère que l'humanité est soumise à un mouvement d'amélioration graduelle, nécessaire, irréversible et perpétuelle. L'homme tendrait ainsi à se perfectionner au cours du temps. Diffusée mais également contestée pendant les Lumières[1] du XVIIIe siècle, par Jean-Jacques Rousseau[2] notamment, cette idée connaît un regain de popularité avec la Révolution, à laquelle elle confère une légitimation historique.

Le XIXe siècle est marqué par une explosion scientifique et technologique ainsi que par la révolution industrielle. L'idée de progrès devient un dogme auquel se rallient alors à peu près tous les courants de pensée, liant à la fois progrès scientifique, progrès moral et progrès social. La littérature témoigne d'une grande confiance en cette nouvelle ère qui voit émerger de nombreuses découvertes techniques et avancées sociales. Cette idée d'un processus évolutif continu, orienté vers un idéal de perfection, peut se lire tout aussi bien dans les discours de Victor Hugo que dans les poèmes d'auteurs comme Émile Verhaeren, qui fait l'apologie du futur dans ses *Villes tentaculaires* (1895).

Cet enthousiasme est brisé par le choc des deux guerres mondiales. Le drame de la Shoah[3] et l'utilisation de la bombe atomique ajoutent au pessimisme né de la Première Guerre mondiale et du caractère industriel et technique du conflit. Le progrès se trouve remis en question et le lien entre progrès

---

1. *Les Lumières* : mouvement de penseurs et de philosophes au XVIIIe siècle en Europe, qui visait à dissiper les ténèbres de l'ignorance pour faire place aux lumières du savoir.
2. *Jean-Jacques Rousseau* (1712-1778) : philosophe et écrivain des Lumières.
3. *La Shoah* : terme hébreu qui signifie « anéantissement ». Il désigne le génocide de six millions de Juifs pendant la Seconde Guerre mondiale.

scientifique, progrès social et progrès moral vole en éclats. Ces événements rappellent l'écart qui existe entre les pouvoirs de l'homme, et notamment son pouvoir technologique, et sa moralité. Ils soulignent son incapacité à maîtriser les forces que lui-même déchaîne, provoquant ainsi un soupçon généralisé envers la science et la technologie, qui peuvent tout aussi bien servir la démocratie et la liberté que le totalitarisme et l'aliénation des peuples.

Les leçons du XXᵉ siècle restent en mémoire et le pessimisme et la méfiance sont toujours d'actualité, notamment concernant l'utilisation de la technologie comme outil de surveillance et de contrôle. Les révolutions de l'information, de la miniaturisation et des sciences du vivant ont donné naissance à certains mouvements optimistes, comme l'idéologie transhumaniste. Née à la fois du libéralisme et des mouvements *New Age* américains, celle-ci voit la convergence des technologies NBIC (nanotechnologies, biotechnologies, technologies de l'information et sciences cognitives) comme une nouvelle chance pour l'humanité de se perfectionner en éradiquant la douleur et la maladie, et d'atteindre une forme d'immortalité en faisant reculer le vieillissement. Ces mouvements témoignent d'un renouveau de la foi (utopique ?) en un progrès technologique et humain.

Rêves et progrès dans les nouvelles

Les cinq nouvelles regroupées dans ce recueil rendent compte d'une évolution de notre rapport au progrès à travers des points de vue variés. Le progrès scientifique est tout d'abord envisagé comme une « amélioration » de l'humain. C'est le cas dans la nouvelle « Le Nouvel Accélérateur » d'H.G. Wells, l'un des fondateurs de la science-fiction. La drogue mise au point par le professeur Gibberne est décrite en termes positifs : selon le narrateur, elle s'apparente à un « nouveau miracle » (p. 42) et recèle de « merveilleuses qualités » (p. 58). Ce dernier est cependant bien conscient de ses effets pervers. Si la « précieuse fiole » (p. 39) permet des exploits, elle peut également servir des esprits malintentionnés et donner lieu à des dérives criminelles. Ce sont justement ces risques qui sont mis en lumière dans la nouvelle contemporaine « Potentiel humain 0,487 » de Fabrice Colin. Elle montre combien l'homme rêve de se perfectionner, mais également que cette recherche peut traduire un désir de richesse et de puissance jamais comblé, nous conduisant à oublier ce qui fonde notre humanité : l'amour, l'amitié, l'entraide.

En lien avec le texte de Fabrice Colin qui montre la transformation progressive d'un des protagonistes en cyborg[1], les nouvelles d'Isaac Asimov et de Johan Heliot mettent en scène une rêverie autour de la vie artificielle, qui remonte au *Frankenstein* de Mary Shelley et se décline aujourd'hui en de nombreux avatars, du robot de « Satisfaction garantie » à l'enfant doté d'une puce électronique dans « L'Ami qu'il te faut ». Les deux textes nous interrogent sur ce qui définit l'humain : seraient-ce les propriétés physiques de notre corps ? les sentiments qui animent notre esprit ? En effet, le robot Tony dans « Satisfaction garantie » a la peau « douce et tiède comme celle d'un être humain » (p. 104) et parvient à semer le trouble chez Claire. Mais la conclusion de la nouvelle nous rappelle que « les machines ne peuvent tomber amoureuses » (p. 118). Dans la nouvelle de Johan Heliot, c'est le petit Eddy, jugé trop colérique, qui sera

---

1. *Cyborg* : terme de science-fiction, contraction d'« organisme cybernétique », désignant un être humain qui a subi des greffes de parties métalliques.

transformé en automate pour anéantir toute forme d'émotion ou de cruauté chez lui. La recherche de perfection a un prix...

Enfin, par-delà la question de l'humain, la rêverie sur le progrès s'attache souvent à imaginer l'homme comme maître et possesseur de la nature. La nouvelle « Un coup de tonnerre » de Ray Bradbury permet de penser les conséquences de nos actions lorsque nous défions les règles de la physique. Si la maîtrise du temps n'est pas à l'ordre du jour, la nouvelle met en garde sur les effets souvent imprévisibles des expérimentations scientifiques. De retour d'un voyage dans le passé, les personnages de l'histoire découvrent un présent bouleversé. En écrasant par mégarde un papillon, Eckels, l'un des chasseurs, a changé le cours du monde : « Tuer un papillon ne pouvait avoir une telle importance. Et si pourtant cela était ? » (p. 157). À trop vouloir jouer avec le feu, l'homme risque de s'y brûler les doigts...

À travers ces cinq textes, le progrès scientifique est donc exploré dans ce qu'il a de plus sombre, de plus dangereux, témoignant des inquiétudes de notre temps. Le recours à la forme de la nouvelle n'est pas anodin et permet de mettre en valeur toutes les ambiguïtés liées à la notion de progrès. La brièveté de l'action, condensée le plus souvent sur quelques heures, permet de montrer l'évolution rapide d'une situation qui passe du rêve au cauchemar. C'est le cas dans « L'Ami qu'il te faut », qui s'ouvre sur une scène en apparence banale — Eddy choisit un nouveau jouet — et bascule rapidement vers l'inimaginable — Eddy détruit son nouvel « ami » et devient à son tour un pantin exposé dans une cage. Le procédé de la chute, c'est-à-dire d'une fin qui crée un effet de surprise, voire de sidération, chez le lecteur, donne matière à penser : jusqu'où peut-on « améliorer l'humain » ? Les avancées scientifiques sont-elles nécessairement inoffensives ? Sans pour autant donner de réponse définitive, les nouvelles questionnent.

La représentation du savant

La représentation du savant a depuis longtemps partie liée avec trois mythes fondateurs : Prométhée[1], Faust[2] et Frankenstein[3]. Prométhée est l'incarnation de l'*hybris*[4], de la transgression et de sa punition. Il pose d'emblée la question du rapport de l'être humain avec le divin et avec l'univers, ou plus exactement il se demande jusqu'où aller pour s'assurer de la maîtrise et de la supériorité de l'espèce humaine sur les autres espèces. Faust est également associé à la création et à la transgression : ainsi, devient faustien tout personnage qui s'arroge des pouvoirs divins en créant des êtres, en modifiant l'œuvre de la nature ou de Dieu. Néanmoins, la figure mythique du savant – et même du savant fou – reste celle du docteur Frankenstein. Ce dernier donne vie à une créature d'apparence humaine mais hideuse. Son œuvre, triste puis furieuse d'avoir été abandonnée et rejetée, cherche à punir son créateur. Si la transgression est encore un thème central ici, elle est associée au motif de la science et de la création, faisant de Frankenstein la première grande figure littéraire du savant confronté au résultat de son intelligence et de sa démesure.

Toutefois, ces représentations négatives sont contrebalancées par un discours dominant qui tend à mettre en valeur les figures du savant, du scientifique et de l'ingénieur pendant tout le XIXᵉ siècle. L'enseignement joue un rôle important dans le développement des sciences et des techniques. À la suite de la

---

1. *Prométhée* : voir note 1, p. 9.
2. *Faust* : alchimiste qui vend son âme au diable pour obtenir la connaissance universelle, héros d'un roman populaire allemand du XVIᵉ siècle.
3. *Frankenstein* : voir Dossier, p. 165.
4. *Hybris* : terme grec qui désigne la tentation qu'ont les hommes de rivaliser avec les dieux et de s'octroyer des pouvoirs qu'ils n'ont pas.

Révolution, la France fait de la science l'un des piliers de son enseignement et développe nombre d'institutions comme le Collège de France ou le Muséum national d'histoire naturelle. La généralisation de l'école publique et sa laïcisation accentuent encore ce mouvement. C'est au XIXe siècle que la science se professionnalise véritablement. Les institutions (universités, académies, musées) deviennent des centres scientifiques et marginalisent le rôle des amateurs. Aussi, les figures du scientifique et de l'ingénieur remplacent peu à peu celle du savant.

Pourtant, au tournant amorcé par les deux guerres mondiales, la figure du scientifique redevient plus inquiétante et rejoint les figures mythiques précédemment évoquées. Détenteur d'un intellect exceptionnel et d'un grand pouvoir sur le monde, le scientifique devient celui que ne retient aucune considération éthique[1], politique, sociale ou religieuse. Ainsi s'amorce une réflexion fondée sur les conséquences politiques et sociales d'un assujettissement de la science et des scientifiques aux pouvoirs militaires et économiques. Après la Seconde Guerre mondiale, le mouvement tend à s'accélérer et voit disparaître la figure du savant fou. On parle davantage de LA science, comme si cette dernière n'était plus pratiquée et représentée par des hommes (les scientifiques et les savants) mais était devenue une entité désincarnée, impersonnelle et donc encore moins contrôlable. Cette évolution est sensible dans le *corpus* des nouvelles choisies : si Wells met en scène un savant génial, Colin efface la figure du scientifique pour simplement évoquer la science et les grandes entreprises qui la détiennent. Dans « Satisfaction garantie », les deux savants de l'U.S. Robots s'opposent sur les conclusions à tirer de l'expérience menée.

---

1. *Éthique* : qui a trait à la morale.

L'un d'eux s'inquiète pour la santé mentale de Claire Belmont, tandis que l'autre considère l'expérience réussie et souhaite la généraliser. Enfin, la figure du savant dans « L'Ami qu'il te faut » est incarnée par le médecin du collège, figure effrayante s'il en est, puisque c'est lui qui pilote le « programme de réhabilitation » pour les « cas extrêmes » et implante une puce dans le cerveau d'Eddy à la fin de la nouvelle (p. 130-131).

Figures ambiguës, les représentations du savant et du scientifique tendent à cristalliser les rêves et les peurs que la société et son imaginaire nourrissent envers le progrès.

PRÉSENTATION DES AUTEURS

Herbert George Wells (1866-1946) est un écrivain britannique. Son goût pour l'écriture lui serait venu suite à un accident de sport, une jambe cassée l'immobilisant pendant un long moment et lui laissant la lecture comme seule occupation. Plus tard, pour soutenir sa famille, il effectue divers emplois tels que marchand de tissus, assistant chimiste et enseignant. Il reprend des études entre 1879 et 1887, s'intéressant aux idéaux socialistes qui déboucheront sur un engagement politique tout au long de sa vie.

Il commence à publier des nouvelles dès 1887. Mais c'est son premier roman, *La Machine à explorer le temps*, paru en 1895, qui fait de lui l'un des fondateurs de la science-fiction. Nombre de ses romans sont devenus des classiques : *L'Île du docteur Moreau* (1896), *L'Homme invisible* (1897), *La Guerre des mondes* (1898), parmi bien d'autres. Parallèlement, il écrit des ouvrages de vulgarisation [1] et des essais, notamment sur l'éducation.

Fabrice Colin (né en 1972) est un écrivain français. Après avoir passé une partie de son enfance en Algérie, il vit en région parisienne où il poursuit des études d'économie. Il se découvre alors un goût certain pour la littérature anglo-saxonne, notamment

---

1. *Vulgarisation* : adaptation et diffusion de connaissances scientifiques dans le but de les rendre accessibles à tout un chacun.

de science-fiction. En 1995, il commence à travailler pour les éditions Mnémos, où il publie, en 1997, deux romans d'horreur.

Par la suite, il ne cesse de se diversifier, explorant les genres de la *fantasy* (*Winterheim*, 2011) et du *steampunk*[1] (*Confessions d'un automate mangeur d'opium*, avec Mathieu Gaborit, 1999). Il aborde aussi le polar (*Blue Jay Way*, 2012) ainsi que la littérature générale (*La Poupée de Kafka*, 2016). Il obtient de nombreux prix et récompenses. À partir de 2001, il se lance dans la littérature de jeunesse, avec notamment *Projet oXatan*[2] (2001) et *La Fin du monde* (2009). Il est également auteur de nouvelles dont une partie a été rééditée dans le recueil *Comme des fantômes* (2008).

Isaac Asimov (1920-1992) est un écrivain russe naturalisé américain en 1928. Il n'a jamais appris le russe car ses parents parlaient le yiddish[3] à la maison. Ils émigrent aux États-Unis en 1923. Ils tiennent une confiserie dans laquelle ils vendent également des magazines de science-fiction que leur fils dévore. Après de brillantes études, celui-ci devient docteur en biochimie. Sa première nouvelle paraît en 1939. À partir de 1959, il se consacre uniquement à l'écriture et développe dans ses nombreux romans et nouvelles l'univers de *Fondation*, un « roman historique du futur », selon ses propres termes. Il est aussi célèbre pour avoir inventé les Trois Règles de la Robotique[4], les robots étant l'un de ses sujets de prédilection.

---

1. *Steampunk* : voir le glossaire, p. 160.
2. *Projet oXatan*, Flammarion, coll. « Étonnants Classiques », 2017.
3. *Yiddish* : langue parlée par la communauté juive d'Europe.
4. Elles apparaissent ainsi dans *Les Robots* (*I, Robot*, 1950) : Première Loi : « Un robot ne peut porter atteinte à un être humain ni, restant passif, laisser cet être humain exposé au danger » ; Deuxième Loi : « Un robot doit obéir aux ordres donnés par les êtres humains, sauf si de tels ordres sont en contradiction avec la Première Loi » ; Troisième Loi : « Un robot doit protéger son existence dans la mesure où cette protection n'entre pas en contradiction avec la Première ou la Deuxième Loi. »

Son œuvre comprend également de nombreux ouvrages de vulgarisation scientifique et littéraire. Il a aussi écrit des romans policiers (le cycle *Les Veufs noirs*) et une autobiographie (*Moi, Asimov*, 1994).

Johan Heliot (né en 1970) est un auteur français qui écrit sous pseudonyme. Il naît et étudie à Besançon, où il obtient une maîtrise d'histoire en 1994 et devient enseignant de lettres et histoire-géographie en 1997. Passionné par la lecture, notamment celle de Maurice Leblanc et de la *Grande Anthologie de la science-fiction* de Gérard Klein, il publie sa première nouvelle en 1990. En 1999, il adopte le pseudonyme de Johan Heliot, Johan provenant du prénom de son épouse et Heliot étant le nom de son chien.

Son premier roman, *La Lune seule le sait*, considéré comme un jalon du *steampunk* français, paraît en 2000. Dès 2002, il devient écrivain à plein temps. Il a publié à ce jour près de quatre-vingts romans pour les adultes aussi bien que pour la jeunesse, avec un goût prononcé pour l'uchronie[1] (*Les Fils de l'air*, 2009) et la science-fiction (*Ados sous contrôle*, 2007) que l'on retrouve aussi dans ses nouvelles (*Johan Heliot vous présente ses hommages*, 2013).

Ray Bradbury (1920-2012) est un écrivain américain. Grand lecteur de Jules Verne, de H.G. Wells et d'Edgar Allan Poe, il commence très tôt à écrire et publie sa première nouvelle à l'âge de dix-sept ans. Dès 1942, il devient écrivain professionnel. Son premier recueil paraît en 1947. Bien qu'il réfute l'étiquette d'écrivain de science-fiction, il est considéré comme un auteur majeur du genre, avec des romans comme *Fahrenheit 451* (1953)

---

1. Uchronie : voir le glossaire, p. 160.

ou le recueil des *Chroniques martiennes* (1950). Pendant long-temps, il écrit également pour le cinéma, le théâtre et la télévision. Il est notamment l'auteur d'essais, de poèmes et du scénario de *Moby Dick* de John Huston (1956), sans pour autant cesser de publier des histoires courtes qui sont sa marque de fabrique.

Rêver le progrès

5 nouvelles d'anticipation

I. Améliorer l'humain

Le Nouvel Accélérateur

H.G. Wells
(1901)

À coup sûr, si jamais un homme trouva une guinée[1] lorsqu'il cherchait une épingle, ce fut mon excellent ami le professeur Gibberne. J'avais entendu parler déjà d'investigations dépassant le but, mais jamais à ce point. Cette fois,
5 en tout cas, et sans aucune exagération, Gibberne a réellement fait une découverte qui révolutionnera la vie humaine : et cela quand il cherchait simplement un stimulant nerveux, d'effet général, pour redonner aux personnes languissantes la force de vivre, à notre époque d'énergie et
10 de luttes. J'ai déjà goûté plusieurs fois à la drogue[2] et je ne puis mieux faire que de décrire l'effet qu'elle produisit sur moi. Qu'il y ait là des expériences étonnantes en réserve pour tous ceux qui sont à l'affût de sensations nouvelles, voilà une certitude qui deviendra bien vite
15 apparente.

Le professeur Gibberne, comme beaucoup de gens le savent, est mon voisin à Folkestone[3]. Si ma mémoire ne me trompe pas, son portrait à divers âges a paru dans le *Strand Magazine*[4], vers la fin de l'année 1899 ; je ne puis
20 m'en assurer, car précisément j'ai prêté le fascicule à

---

1. *Une guinée* : une pièce d'or.
2. *À la drogue* : au médicament.
3. *Folkestone* : ville de bord de mer au sud-est de l'Angleterre.
4. *Strand Magazine* : mensuel anglais illustré, dont la première série fut publiée de 1891 à 1950. Parmi les auteurs au sommaire, on retrouve H.G. Wells, Arthur Conan Doyle et Agatha Christie.

quelqu'un qui ne me l'a jamais rendu. Le lecteur se rappellera peut-être le front élevé et les sourcils noirs singulièrement longs qui donnent un air si méphistophélique[1] à son visage. Il occupe l'une de ces agréables petites villas iso-
25 lées, bâties dans ce style composite qui rend si intéressante l'extrémité ouest de la route de Sandgate[2]. Sa maison est celle qui a des pignons flamands et un portique mauresque, et c'est dans la petite pièce à la fenêtre en saillie et à meneaux[3] qu'il travaille lorsqu'il séjourne ici : c'est là
30 que le soir nous avons si souvent fumé et bavardé. Il est très fort sur les bons mots, mais, en outre, il aime à m'entretenir de ses travaux. Gibberne est un de ces hommes qui trouvent une aide et un stimulant dans la conversation, et c'est ainsi qu'il m'a été donné de suivre la
35 conception du Nouvel Accélérateur depuis son origine. Il va de soi que la partie la plus importante de ses recherches expérimentales ne se fait pas à Folkestone, mais à Londres, dans le magnifique laboratoire de Gower Street, contigu à l'hôpital, et dont il a été le premier à se servir.
40 Comme chacun le sait, ou du moins comme le savent tous les gens intelligents, le domaine spécial dans lequel Gibberne s'est acquis une réputation si universelle et si méritée parmi les physiologistes[4] concerne l'action des drogues sur le système nerveux. Sans rivaux, m'a-t-on dit, sur la ques-
45 tion des soporifiques, des sédatifs et des anesthésiques[5], il

---

1. Méphistophélique : diabolique.
2. Sandgate : village proche de Folkestone.
3. Meneaux : parties verticales d'un cadre de pierre qui viennent renforcer et diviser une fenêtre. Son équivalent horizontal est appelé une traverse.
4. Physiologistes : chercheurs spécialisés dans l'étude du corps humain.
5. Des soporifiques, des sédatifs et des anesthésiques : des médicaments qui endorment ou rendent insensible à la douleur.

est en même temps un chimiste d'éminence [1] considérable,
et je suppose que, dans la jungle subtile et compliquée des
énigmes qui rayonnent autour de la cellule ganglionnaire et
des fibres vertébrales, il a taillé de petites clairières, projeté
50 des clartés qui, jusqu'à ce qu'il juge bon de publier ses résultats, resteront inaccessibles au reste de ses semblables. Dans
ces dernières années, il s'est particulièrement adonné à la
question des stimulants nerveux ; et déjà, avant la découverte du Nouvel Accélérateur, il avait obtenu de notables
55 succès. La science médicale lui doit pour le moins trois forti-
fiants distincts et absolument efficaces, qui sont, pour le pra-
ticien, d'une utilité sans rivale. Dans les cas d'épuisement,
la préparation connue sous le nom de Sirop B de Gibberne
a sauvé à l'heure actuelle plus d'existences qu'aucun canot
60 de sauvetage sur la côte.

«Mais pas une de ces petites choses ne me satisfait
encore, me dit-il, il y a bientôt un an. Ou bien elles
accroissent l'énergie centrale sans affecter les nerfs, ou bien
elles augmentent l'énergie disponible en abaissant la
65 conductivité nerveuse, et toutes sont locales et inégales
dans leur effet. L'une réveille le cœur et les viscères mais
stupéfie [2] le cerveau, l'autre agit sur le cerveau à la manière
du champagne et ne fait rien de bon pour le plexus
solaire [3]. Or, ce qu'il me faut, ce que je veux obtenir, si
70 c'est humainement possible, c'est un stimulant qui stimu-
lera tout, qui vous secouera pendant un certain temps
depuis la tête jusqu'à l'extrémité du gros orteil, qui vous

---

1. *D'éminence* : de talent, de qualité.
2. *Stupéfie* : engourdit.
3. *Plexus solaire* : centre nerveux situé au-dessus de l'estomac.

placera, au point de vue de l'activité vitale, dans la proportion de deux contre un chez le commun des mortels. Hein ! voilà la chose que je cherche !

– Cette suractivité sera éreintante[1], opinai-je.

– Sans aucun doute. Et vous mangerez deux ou trois fois autant... et le reste à l'avenant. Mais songez donc à ce que cela signifie. Imaginez que vous possédiez une fiole comme ceci – il souleva un petit flacon verdâtre avec lequel il se mit à souligner ses phrases –, et dans cette précieuse fiole le pouvoir de penser deux fois aussi vite, de vous mouvoir avec deux fois plus de rapidité, de faire dans un temps donné deux fois autant d'ouvrage que vous n'en pourriez faire autrement...

– Mais cela est-il possible ?

– Je le crois. Si ça ne l'est pas, je perds mon temps depuis un an, Ces diverses préparations d'hypophosphites[2], par exemple, semblent démontrer quelque chose de ce genre... Même si ce n'était que moitié plus vite, cela suffirait.

– Certainement, cela suffirait, approuvai-je.

– Si vous étiez, par exemple, un homme d'État cerné par les difficultés, comptant les minutes, alors qu'une décision urgente doit être prise, hein ?

– Une dose au secrétaire particulier, en ce cas !

– Vous gagneriez... deux fois le même temps... Et supposez, par exemple, que vous vouliez, vous, terminer un livre.

– Habituellement, répondis-je, je souhaite plutôt n'avoir jamais commencé.

---

1. *Éreintante* : épuisante.
2. *Hypophosphites* : sels à base de phosphore.

– Ou un médecin harassé qui veut faire appel à toute sa science et à toutes ses facultés devant un cas mortel... ou un avocat... ou un candidat passant un examen.

105 – Ça vaudrait une guinée la goutte, et davantage, pour ceux-là...

– Et dans un duel, reprit Gibberne, où tout dépend de la rapidité avec laquelle vous appuyez sur la détente.

– Ou à l'épée, ajoutai-je.

110 – Vous voyez, dit Gibberne, si j'obtiens une drogue dont l'action soit générale, elle ne vous causera aucun préjudice, sinon peut-être qu'à un degré infinitésimal elle vous fera vieillir plus vite... Vous aurez vécu deux fois contre les autres une fois...

115 – Je me demande, méditai-je, si dans un duel ce serait loyal.

– C'est une question que les témoins auraient à résoudre.

– Et vous croyez réellement que cela est possible ? répé-
120 tai-je pour en revenir aux questions précises.

– Tout aussi possible... commença Gibberne lançant un coup d'œil à un engin assourdissant qui passait devant la fenêtre, tout aussi possible qu'un omnibus automobile [1]. À vrai dire... »

125 Il s'interrompit, me sourit d'un air entendu, et tapota lentement le bord de son bureau avec le flacon verdâtre.

« Je crois que je tiens la drogue, fit-il. Déjà j'ai obtenu des résultats qui promettent... »

---

1. *Omnibus automobile* : à cette époque les omnibus étaient des voitures tirées par des chevaux.

Son sourire nerveux trahissait la gravité de sa révéla-
130 tion. Il parlait rarement de ses expériences en cours, à
moins qu'il ne fût très près du but.

«Et il se peut... Il se peut... je ne serais pas surpris que
l'accélération fût plus que doublée.

– Ce sera une grande découverte, hasardai-je.

135 – Ce sera en effet, je crois, une grande découverte,
répéta-t-il.»

Mais je ne pense pas, malgré tout, qu'il ait exactement
su quelle grande chose ce devait être.

Je me souviens que nous eûmes encore plusieurs autres
140 conversations au sujet de la drogue. Il l'appelait «le Nouvel
Accélérateur», et son ton, chaque fois, devenait plus
confiant. Parfois, il énumérait nerveusement les résultats
physiologiques inattendus qu'amènerait l'emploi de son
stimulant, et alors il éprouvait une certaine inquiétude.
145 D'autres fois, il était franchement mercantile[1], et nous dis-
cutâmes longuement et anxieusement de quelle façon on
pourrait utiliser commercialement la préparation.

«Ce sera certainement une bonne affaire, disait Gibberne, une affaire étonnante. Je sais que je vais doter le
150 monde d'une importante découverte, et il est bien raisonnable, je pense, de vouloir que le monde y mette le prix.
La dignité de la science est une fort belle chose, mais il
faudrait pourtant, je crois, me réserver le monopole de
mon produit pendant... dix ans, par exemple. Je ne vois
155 pas pourquoi tous les plaisirs de la vie seraient réservés
aux marchands de cochons!»

L'intérêt que je prenais à la drogue attendue ne diminua
en aucune façon avec le temps. Une bizarre tournure d'esprit

---

1. **Mercantile** : désireux de gagner de l'argent.

m'entraîne vers la métaphysique [1] ; toujours je fus attiré par
160 les paradoxes concernant le temps et l'espace, et il me semblait que Gibberne ne préparait rien moins que l'accélération absolue de la vie. Supposé un homme absorbant des
doses répétées d'une semblable préparation : il vivrait, à
coup sûr, une vie active et unique, mais il serait adulte à onze
165 ans, d'âge mûr à vingt-cinq, et vers trente il prendrait le
chemin de la décrépitude sénile [2]. Jusqu'ici, je m'imaginais
que Gibberne allait rendre possible, pour ceux qui useraient
de sa drogue, ce que la nature fait pour les Juifs et les Orien-
taux [3] qui, hommes à quinze ans et vieillards à cinquante,
170 sont d'une façon constante plus prompts [4] que nous de
pensée et d'acte. Les drogues mystérieuses m'ont toujours
émerveillé : elles affolent un homme, le calment, le rendent
incroyablement fort et alerte, font de lui une loque impuissante, activent telle passion et modèrent telle autre ; et voilà
175 qu'un nouveau miracle allait être ajouté à l'arsenal de
philtres dont les médecins disposent déjà. Mais Gibberne
était beaucoup trop absorbé par les détails techniques pour
adopter avec ardeur mon point de vue.

Ce fut le 7 ou le 8 août qu'il m'annonça que la distilla-
180 tion qui déciderait de son échec ou de son succès était en
cours pendant que nous causions, et ce fut le 10 qu'il me
confia que l'opération était terminée et que le Nouvel Accélérateur était devenu une réalité tangible [5]. J'aperçus Gibberne comme je montais la côte de Sandgate, me dirigeant

---

1. *Métaphysique* : ici, science des choses immatérielles, invisibles ou
abstraites.
2. *Décrépitude sénile* : déchéance de la vieillesse.
3. Comme beaucoup de ses contemporains, H.G. Wells n'est pas dénué de
préjugés racistes, même s'ils sont ici positifs.
4. *Prompts* : rapides.
5. *Tangible* : concrète.

185 vers Folkestone – j'allais, je crois, me faire couper les cheveux ; il accourait à grands pas à ma rencontre et il serait
allé jusque chez moi pour me faire part de son succès. Je
me rappelle que ses yeux brillaient extraordinairement et
je remarquai même son allure joyeusement précipitée.

190 « C'est fait ! cria-t-il en me saisissant la main et parlant
avec volubilité. C'est plus que fait ! Venez chez moi et
vous verrez.

– Vraiment ?

– Vraiment ! C'est incroyable ! Venez voir !

195 – Et l'effet produit... doublé ?

– Bien plus... Bien plus que cela ! Ça me renverse.
Venez voir l'élixir ! Venez l'essayer ! Le goûter ! C'est la
drogue la plus étonnante !... »

Il m'empoigna par le bras et se mit à marcher à une
200 allure telle que j'étais obligé de trotter. Il escalada ainsi la
colline en clamant des phrases incohérentes. Tout un char
à bancs d'excursionnistes [1] nous contempla à l'unisson,
avec des yeux ébahis, comme font d'ordinaire les gens que
transportent ces véhicules. C'était une de ces journées
205 claires et chaudes, comme on en voit tant à Folkestone,
toutes les couleurs incroyablement nettes et les contours
durement découpés. Une petite brise soufflait, naturellement, mais pas assez pour me rafraîchir dans de telles
conditions. Je haletais, criant miséricorde [2].

210 « Je ne marche pas trop vite, n'est-ce pas ? s'enquit Gibberne, et il ralentit sa course qui resta néanmoins fort
rapide.

_____

1. *Un char à bancs d'excursionnistes* : une voiture de touristes.
2. *Miséricorde* : pitié, grâce.

– Vous avez déjà goûté à l'élixir ? articulai-je à grand-peine.

215 – Non ! Tout au plus une goutte d'eau qui restait dans un gobelet que j'avais rincé pour enlever toute trace de la drogue… J'en ai pris hier soir, cependant. Mais c'est de l'histoire ancienne, à cette heure-ci.

– Et l'effet est double ? demandai-je, en approchant du 220 seuil, dans un état de transpiration lamentable.

– L'effet ?… L'activité vitale est accélérée un millier de fois, plusieurs milliers de fois ! cria Gibberne avec un geste dramatique, ouvrant violemment sa porte en vieux chêne sculpté.

225 – Hé ! Hé ! fis-je en le suivant.

– Je ne sais même pas combien de fois, disait l'inventeur, son passe-partout à la main.

– Et vous allez risquer ?

– Cela projette toutes sortes de lueurs sur la physiologie 230 nerveuse… cela donne une forme entièrement nouvelle à la théorie de la vision… Dieu sait combien de milliers de fois la vie est accélérée… Nous chercherons tout cela après… L'important pour le moment est d'essayer la drogue…

235 – Essayer la drogue ? m'écriai-je en suivant le corridor.

– Certes oui ! affirma Gibberne en se tournant vers moi, dans son laboratoire. La voilà dans cette petite fiole verte ! À moins que vous n'ayez peur… »

Je suis un homme prudent par nature, et aventureux en 240 théorie seulement.

« Ma foi ! bredouillai-je. Vous dites que vous l'avez essayée !

– Je l'ai essayée, assura-t-il, et ça n'a pas l'air de m'avoir endommagé, n'est-ce pas ? Au contraire, je me sens…

245 – Donnez-moi la dose, décidai-je en m'asseyant. Si ça tourne mal, cela m'évitera l'ennui de me faire couper les cheveux, ce qui est, à mon avis, l'un des plus haïssables devoirs de l'homme civilisé. Comment prenez-vous cet élixir ?

250 – Avec de l'eau», répondit Gibberne, posant brusquement une carafe sur la table.

Il restait debout devant son bureau, me contemplant, tandis que j'étais allongé dans son fauteuil.

«C'est une drôle de mixture[1], vous savez», ajouta-t-il.

255 Je fis un geste rassurant. Il continua :

«Je dois vous avertir d'abord qu'aussitôt que vous l'aurez avalée, il faudra fermer les yeux et ne les rouvrir qu'avec beaucoup de précaution, au bout d'une minute ou deux. On continue à voir… Le sens de la vue dépend de

260 la durée des vibrations et non d'une multitude de chocs ; mais il y a comme une sorte de heurt sur la rétine, une confusion, un éblouissement désagréable, si, au moment où l'on boit, les yeux sont ouverts. Donc, fermez-les bien.

– Parfait, je les fermerai.

265 – Et la seconde chose importante est de ne pas bouger. Ne vous mettez pas à aller et venir tout de suite, vous risqueriez d'en porter les marques. Souvenez-vous que vous irez plusieurs milliers de fois plus vite que vous ne l'avez jamais fait ; le cœur, les poumons, les muscles, le cerveau,

270 tout agira dans cette proportion, et vous cognerez dur sans vous en douter. Vous n'en saurez rien, pensez-y. Vous vous

---

1. *Une drôle de mixture* : un drôle de mélange.

sentirez exactement dans le même état qu'en ce moment. Seulement, il vous semblera que tout va des milliers de fois plus lentement qu'auparavant. C'est cela qui rend la chose si extraordinairement bizarre.

– Seigneur! m'écriai-je. Et vous voulez... ?

– Vous verrez!» dit-il, en prenant un compte-gouttes.

Il jeta un coup d'œil sur son bureau.

«Les verres, l'eau, tout est là, fit-il. Il ne faut pas en prendre trop pour la première fois.»

Le compte-gouttes aspira le précieux contenu de la petite fiole.

«N'oubliez pas mes recommandations, insista Gibberne, laissant tomber goutte à goutte la liqueur mystérieuse. Restez assis, dans une immobilité absolue et les yeux fermés, pendant deux minutes. Après quoi, je vous dirai ce que vous aurez à faire.»

Il ajouta, dans chaque récipient, une petite quantité d'eau.

«À propos, reprit-il, ne cherchez pas à replacer votre verre. Gardez-le dans votre main que vous reposerez sur votre genou. Oui, c'est cela! Et maintenant...»

Il leva la coupe enchantée.

«Au Nouvel Accélérateur! dis-je.

– Au Nouvel Accélérateur!» répondit-il.

Nous trinquâmes et bûmes. Au même instant, je fermai les yeux. Pendant un laps de temps indéfini, ce fut pour moi une sorte de non-existence. Puis, j'entendis Gibberne qui me disait de m'éveiller. Je me secouai et ouvris les yeux. Debout à la même place, il tenait toujours son verre à la main, mais ce verre était vide et c'était la seule différence.

«Eh bien? fis-je.

– Rien de dérangé ?

– Rien. Un léger sentiment d'*exhilaration*[1], peut-être…
305 pas autre chose.

– Les bruits ?

– Tout est tranquille, assurai-je. Sapristi, oui, tout est tranquille… excepté cette espèce de faible clapotement, pit-pat, pit-pat, comme de la pluie qui tombe sur des objets
310 différents. Qu'est-ce ?

– Des bruits analysés, dut-il me répondre, mais je n'en suis pas bien sûr. »

Il jeta un coup d'œil vers la baie vitrée.

« Avez-vous jamais vu un rideau de fenêtre fixé de cette
315 façon ? »

J'avais suivi la direction de son regard : l'extrémité du rideau restait suspendue et roide, comme empesée, et on eût dit qu'elle s'était subitement arrêtée de claquer au vent.

« Non, dis-je, en effet, c'est bizarre.
320 – Et cela ? fit-il. »

Il ouvrit brusquement la main qui tenait le verre. Naturellement, je clignai de l'œil, m'attendant à voir le verre s'écraser à terre. Mais, bien loin de se briser, il ne sembla pas même bouger, il se maintenait en l'air, immobile.

325 « Dans nos latitudes, et pour parler d'une façon générale, commença le professeur Gibberne, un objet qui tombe franchit seize pieds[2] dans la première seconde de sa chute. Ce verre tombe en ce moment à la vitesse de seize pieds à la seconde, seulement, voyez-vous, il n'est pas
330 tombé encore pendant un centième de seconde. Cela vous donne une idée de la rapidité de mon Accélérateur. »

---

1. *Exhilaration* : euphorie.
2. *Seize pieds* : environ cinq mètres.

Et il passa sa main autour, au-dessus et au-dessous du verre qui tombait lentement. À la fin, il le prit par le fond, l'attira à lui et le plaça avec d'infinies précautions sur la
335 table.

«Hein? fit-il en riant.

– Cela me semble parfait», dis-je, et, avec circonspection[1], je me mis en devoir de me lever de mon fauteuil.

Je me sentais en excellent état, très léger, absolument à
340 l'aise, et plein de confiance en moi-même. Tout mon être fonctionnait à grande vitesse. Mon cœur, par exemple, battait mille fois par seconde, sans que cela me causât le moindre malaise. Je regardai par la fenêtre : un cycliste immuable[2], la tête baissée, et avec un nuage de poussière
345 inerte contre sa roue de derrière, paraissait vouloir rattraper un char à bancs lancé à toute bride et qui ne bougeait pas. Je restai bouche bée devant cet incroyable spectacle.

«Gibberne, m'écriai-je, combien de temps va durer l'effet de cette maudite drogue ?
350 – Au diable si je le sais! répondit-il. La dernière fois que j'en ai pris, je me suis mis au lit et cela disparut en dormant. Je vous l'avoue, j'avais peur. L'accélération dura probablement quelques minutes… qui me semblèrent des heures. Mais, au bout de peu de temps, l'effet ralentit
355 d'une façon assez soudaine, je crois.»

Je fus très fier de constater que je ne me sentais nullement effrayé – parce que nous étions deux, je suppose.

«Pourquoi ne sortirions-nous pas ? demandai-je.

– Pourquoi pas ?

---

1. *Circonspection* : prudence.
2. *Immuable* : immobile.

360   – Les gens s'apercevront… ?

– Pas du tout ! Dieu merci, non ! Pensez donc, nous irons mille fois plus vite que le tour de passe-passe le plus rapide qui ait jamais été accompli. Venez ! Par où sortons-nous ? La fenêtre ou la porte ? »

365   Nous sortîmes par la fenêtre.

Assurément, de toutes les expériences étranges que je tentai jamais, que j'imaginai ou que je lus, la petite équipée que, sous l'influence du Nouvel Accélérateur, je fis en compagnie de Gibberne, sur la Promenade de Folkestone, fut
370 la plus étrange et la plus folle. Par la porte du jardin, nous gagnâmes la route, et là nous examinâmes minutieusement les attitudes pétrifiées des gens et des véhicules qui passaient. Les sommets des roues, certaines jambes des chevaux du char à bancs, la mèche du fouet et la mâchoire
375 du cocher qui se mit à bâiller étaient perceptiblement en mouvement, mais le reste du pesant véhicule paraissait immobile et absolument silencieux, à part un faible accès de toux qui secouait un des voyageurs. Et cet édifice pétrifié était orné du cocher, du conducteur et de onze per-
380 sonnes. L'effet de cette inertie, tandis que nous cheminions, commença par nous sembler follement bizarre et finit par être désagréable. Tous ces personnages, semblables à nous-mêmes et cependant différents, étaient là figés en des poses indolentes[1], surpris au milieu d'un
385 geste. Un couple amoureux échangeait un sourire, un sourire de travers qui menaçait de durer à jamais ; une femme, coiffée d'une ample capeline[2], reposait son bras sur la

---

1. Indolentes : paresseuses.
2. Capeline : coiffe qui retombe sur les épaules.

balustrade de la voiture et contemplait la maison de Gibberne avec l'immuable regard de l'éternité; un homme,
390 telle une figure de cire, caressait sa moustache, et un autre étendait une main lente et raide vers son chapeau que le vent soulevait. Nous les observions, nous nous moquions d'eux, nous leur faisions des grimaces; puis une sorte de dégoût de ces pantins nous prit; nous fîmes demi-tour, et,
395 traversant la route devant le cycliste, nous nous dirigeâmes vers la Promenade.

« Sapristi! s'écria tout à coup Gibberne. Voyez donc! »

Au bout de son doigt tendu, une abeille se laissait glisser avec ses ailes battant lentement et à la vitesse d'un
400 escargot exceptionnellement languissant.

Nous arrivâmes sur la Promenade. Là, le phénomène parut plus affolant encore. Dans un kiosque, un orchestre jouait, et le vacarme qu'il faisait n'était pour nous qu'une sorte de grincement de crécelle, un soupir prolongé qui se
405 transformait parfois en un bruit semblable au tic-tac prolongé et assourdi de quelque horloge monstrueuse. Des gens pétrifiés se tenaient debout, d'étranges et silencieux fantoches demeuraient sur le gazon en des poses instables, la jambe levée. Je passai tout près d'un petit caniche sus-
410 pendu dans l'air, en train de sauter, et j'observai le lent mouvement qu'il faisait avec ses pattes pour reprendre contact avec le sol.

« Hé! là, voyez! » cria Gibberne.

Nous nous arrêtâmes un instant devant un personnage
415 magnifique, vêtu d'un complet de flanelle blanche à fines rayures, portant des souliers blancs et un panama [1], et qui

---

1. *Panama* : chapeau de paille.

se retournait pour lancer des œillades à deux dames en robes claires. Une œillade étudiée avec tout le loisir dont nous disposions est fort peu attrayante, elle perd tout son caractère d'alerte gaieté : on remarque que l'œil qui cligne ne se ferme pas complètement et, sous la paupière, apparaît le bas de l'iris avec une mince ligne de blanc.

«Que le ciel m'accorde de la mémoire, me promis-je, et je ne lancerai plus d'œillades.

– Ni de sourire ! ajoutait Gibberne qui épiait les lèvres entrouvertes et les dents des dames.

– Il fait infernalement chaud, ne trouvez-vous pas ? dis-je. N'allons pas si vite.

– Bah ! venez donc ! » répondit Gibberne.

Nous évoluâmes parmi les fauteuils, dans les allées. La plupart des oisifs assis là paraissaient naturels dans leurs poses passives, mais les costumes écarlates des musiciens n'étaient guère un spectacle reposant. Un petit homme à face cramoisie restait figé dans sa lutte violente pour replier un journal malgré le vent. Nous avions maintes preuves que tous ces individus, dans leurs attitudes apathiques, étaient exposés à une brise très sensible, mais cette brise n'avait aucune existence en ce qui concernait nos sensations. Nous nous éloignâmes quelque peu de la foule, et nous nous retournâmes pour la contempler. Voir cette multitude transformée en un tableau, avec la fixité et la rigidité d'autant de mannequins de cire, était indiscutablement surprenant. C'était absurde, sans doute, mais cela me remplissait d'exaltation, me donnait le sentiment irrationnel d'un avantage immense. Songez à cette merveille ! Tout ce que j'avais dit, pensé et fait, depuis que la drogue avait commencé à agir sur mon organisme, s'était passé en un clin d'œil.

«Le Nouvel Accélérateur… commençai-je, mais Gibberne m'interrompit.

450

– Voilà cette infernale vieille femme, fit-il.

– Quelle vieille femme ?

– Ma voisine… elle a un petit chien bichon, qui jappe du matin, au soir. Ciel ! La tentation est trop forte.»

455 Gibberne a parfois des impulsions enfantines. Avant que j'eusse pu émettre la moindre objection, il partait comme une flèche, saisissait l'infortunée bestiole et fuyait à toutes jambes dans la direction de la falaise. C'était fort extraordinaire. Le malheureux animal n'aboya pas, ne se 460 débattit pas, ne manifesta pas le moindre signe de vitalité. Il demeura tout roide en une attitude de repos somnolent, tandis que Gibberne le transportait par la peau du cou. On eût dit que l'homme courait en tenant un chien de bois.

«Gibberne ! m'écriai-je, posez-le !»

465 Et je déblatérai diverses injonctions courroucées[1].

«Si vous courez comme cela, Gibberne, continuai-je, vos vêtements vont prendre feu. Déjà votre pantalon de toile commence à roussir.»

Il abattit sa main sur sa cuisse et hésita au bord de la 470 falaise.

«Gibberne, ordonnai-je en le rejoignant. Posez ce chien. Cette chaleur est excessive, parce que nous courons trop fort. Quatre ou cinq kilomètres à la seconde… Le frottement de l'air…

475 – Quoi ? fit-il, en jetant un coup d'œil au chien.

– Le frottement de l'air ! hurlai-je. Le frottement de l'air ! Nous allons trop vite ! Comme des bolides… Trop

---

1. *Et je déblatérai diverses injonctions courroucées* : et je lui lançai des ordres avec colère.

chaud!… Gibberne! Gibberne! Ça me démange partout et je transpire! On voit les gens qui remuent légèrement.
480 Je crois que l'effet de la drogue se ralentit! Posez ce chien à terre.

– Hein?

– L'effet se ralentit! répétai-je. Nous avons trop chaud et l'effet se ralentit! Je suis trempé.»

485 Il me regarda avec des yeux écarquillés, puis se tourna vers l'orchestre dont le bruit de crécelle commençait à s'accélérer. Enfin, son bras décrivit un large cercle et le chien partit en tournoyant, toujours inanimé, pour aller achever sa course au-dessus des ombrelles rapprochées
490 d'un groupe de dames en grande conversation. Gibberne m'avait saisi le coude.

«Sapristi! Je crois que ça se ralentit! Une sorte de brûlure qui démange et… oui… cet homme remue son mouchoir… d'une façon perceptible. Il faut filer d'ici et
495 promptement[1].»

Mais nous ne pûmes filer assez promptement. Et heureusement pour nous! Car si nous avions couru, je crois que nous aurions pris feu. Presque à coup sûr, nos vêtements se seraient enflammés. Ni l'un ni l'autre, nous
500 n'avions songé à cela, vous comprenez. Mais, avant même que nous nous fussions mis à courir, l'effet de la drogue avait cessé. Ce fut l'affaire d'une fraction infime de seconde… L'effet du Nouvel Accélérateur cessa comme un rideau qu'on tire… il s'évanouit en un geste de la main.
505 J'entendis la voix de Gibberne terriblement alarmée.

«Asseyez-vous!» commanda-t-il.

---

1. Promptement : voir note 4, p. 42.

Brusquement je m'assis sur l'herbe, au bord de la falaise, éprouvant encore cette sensation de brûlure. Et, à l'endroit où je me suis assis, l'herbe est encore grillée. Au même instant, la stagnation ambiante parut se réveiller. Les vibrations désarticulées de l'orchestre se rassemblèrent en une rafale de musique ; des promeneurs abaissèrent leur pied et marchèrent, les drapeaux et les papiers se mirent à claquer au vent, des sourires se transformèrent en paroles, le beau personnage acheva son œillade et continua complaisamment son chemin, et tous les gens assis remuèrent et jacassèrent.

Le monde entier s'était remis à vivre, à aller aussi vite que nous, ou plutôt c'est nous qui n'allions pas plus vite que le reste du monde. On eût dit le ralentissement d'un train qui entre en gare. Pendant une seconde ou deux, tout sembla tourbillonner, je ressentis une très passagère nausée, et ce fut tout.

Le petit chien, qui avait paru rester suspendu dans son vol, tomba avec une subite accélération à travers l'ombrelle d'une dame ! C'est ce qui nous sauva ! Un vieillard corpulent, étendu dans son fauteuil, tressaillit à notre vue ; il nous regarda ensuite par intervalles avec un œil soupçonneux et finit, je crois, par s'entretenir à notre sujet avec sa garde-malade – mais, à part lui, je doute qu'une seule personne ait remarqué notre soudaine apparition. Plop ! Nous dûmes être visibles brusquement. Presque aussitôt nous cessâmes de roussir, encore que l'herbe sous moi fût désagréablement chaude. L'attention de chacun y compris l'orchestre – qui, seule et unique fois dans ses annales, joua faux –, l'attention de chacun était accaparée par un fait

stupéfiant et par un tumulte et des aboiements plus stupé-
fiants encore : un bichon respectable et trop gras dormant
tranquillement sur le côté est du kiosque, était tombé sou-
540 dain sur le côté ouest, à travers l'ombrelle d'une dame,
avec des poils légèrement grillés à cause de l'extrême vélocité[1] de sa course dans l'air. Et cela, en ces temps absurdes
où tout le monde veut être aussi «psychique[2]», aussi naïf
et aussi superstitieux que possible.
545   Les gens se levèrent, se bousculèrent, se renversèrent.
Des fauteuils furent culbutés, et le gardien de la Promenade accourut. Comment l'affaire s'arrangea, je l'ignore !
Nous étions bien trop anxieux de nous en tirer et d'échapper aux regards inquisiteurs du vieillard pour nous attarder
550 à des questions. Dès que nous fûmes suffisamment refroi-
dis et remis de notre vertige, de nos nausées et de notre
confusion d'esprit, nous nous levâmes, et, contournant la
foule, nous allâmes passer derrière le gigantesque hôtel
Métropole pour regagner la maison de Gibberne. Mais, au
555 milieu du tumulte, j'entendis très distinctement le monsieur qui était assis à côté de la dame à l'ombrelle crevée
employer des termes et des menaces injustifiables envers
l'un des surveillants des chaises.
        «Si ce n'est pas vous qui avez lancé ce chien, qui est-
560 ce alors ?»
        Le retour du mouvement et du bruit familier, et notre
compréhensible inquiétude à propos de nous-mêmes (nos
habits étaient encore brûlants et le devant des jambes du

---

1. *Vélocité* : rapidité.
2. *Psychique* : qui a des pouvoirs de médium, capable d'entrer en contact
avec les esprits.

pantalon blanc de Gibberne était tout roussi) m'empê-
565 chèrent de recueillir, comme je l'aurais voulu, des observa-
tions minutieuses. À vrai dire, je ne fis sur ce retour aucune
observation ayant une valeur scientifique quelconque.
L'abeille, naturellement, n'était plus là. Je cherchai des
yeux le cycliste, mais il était déjà hors de vue quand nous
570 débouchâmes sur la route de Sandgate, ou bien les voitures
nous le cachaient. Le char à bancs, toutefois, avec tous
ses excursionnistes vivants et remuants dégringolait à vive
allure au long du parvis de la prochaine église.

Nous remarquâmes, en rentrant, des traces de brûlures
575 sur l'appui de la fenêtre que nous avions enjambé pour
sortir, et les marques de nos pas sur le gravier étaient plus
profondes qu'à l'ordinaire.

C'est ainsi que j'expérimentai pour la première fois le
Nouvel Accélérateur. En réalité, nous avions été de-ci de-
580 là, disant et faisant toutes ces choses dans l'espace d'une
seconde ou deux. Nous avions vécu une demi-heure pendant que l'orchestre jouait peut-être deux mesures. Mais
l'effet produit sur nous fut que le monde entier s'était
arrêté pour se laisser plus commodément observer. À tout
585 prendre et en considérant surtout combien il était téméraire
de nous aventurer hors de la maison, l'expérience aurait
certainement pu être plus désagréable qu'elle ne le fut. Elle
démontra, sans doute, que Gibberne avait encore beaucoup à apprendre avant de nous donner une préparation
590 aisément maniable, mais la possibilité d'obtenir cet élixir
fut prouvée au-delà de tout argument.

Depuis cette aventure, il s'est constamment efforcé de
trouver un mode d'emploi facilement contrôlable et, à
diverses reprises et sans le moindre résultat fâcheux, j'ai

595 pris, sous sa direction, des doses mesurées; toutefois, j'avoue que je ne me suis pas encore risqué au-dehors pendant que la drogue agit. Je puis mentionner, par exemple, que ce récit a été écrit sous son influence, en une seule fois et sans autre interruption que quelques secondes pour
600 grignoter un peu de chocolat. J'ai commencé à six heures vingt-cinq, et ma montre indique en ce moment une minute après la demie. La possibilité de s'assurer une longue traite de labeur[1] sans arrêt, pendant une journée pleine de rendez-vous et d'occupations extérieures, est une
605 commodité qu'on ne saurait trop apprécier. Gibberne travaille maintenant au dosage quantitatif de la préparation, avec proportions graduées selon ses effets particuliers sur des types différents de constitution. Il espère découvrir un Retardateur avec lequel il diluera le pouvoir actuel, plutôt
610 excessif, de sa drogue. Le Retardateur aura nécessairement l'effet contraire de l'Accélérateur. Employé seul, il permettra au patient *d'étendre* quelques secondes sur plusieurs heures du temps ordinaire et de conserver ainsi une inaction apathique, une quasi-immobilité, dans une ambiance
615 très animée et irritante.

Ces deux découvertes provoqueront nécessairement une révolution complète dans la vie civilisée. Ainsi approche notre délivrance de ce Vêtement du Temps, dont parle Carlyle[2]. Cet Accélérateur nous permettra de nous concentrer
620 avec une puissance considérable sur chaque instant, sur chaque occasion qui exige toute notre vigueur et toutes nos

---

1. *Labeur* : travail.
2. *Thomas Carlyle* (1795-1881) : célèbre écrivain britannique qui a développé dans son roman *Sartor Resartus* (1836) une complexe «philosophie du vêtement».

facultés, tandis que le Retardateur nous mettra à même de passer dans une tranquillité passive les pires heures de difficultés et d'ennui. Peut-être suis-je un peu optimiste au
625 sujet de ce Retardateur qui n'est pas encore découvert, mais aucun doute n'est possible concernant l'Accélérateur. Son apparition sous une forme commode, contrôlable et assimilable, n'est plus qu'une affaire de quelques mois. On pourra se le procurer chez tous les droguistes et les phar-
630 maciens, en petites fioles vertes, à un prix très élevé mais en aucune façon excessif si l'on considère ses merveilleuses qualités.

Il s'appellera Accélérateur Nerveux de Gibberne, et l'inventeur espère être à même de le fournir de trois forces
635 différentes : à deux cents, à neuf cents et à deux mille degrés, variétés qui se distingueront respectivement par des étiquettes jaunes, roses et blanches.

Nul doute que son emploi ne rende possible un grand nombre d'actes extraordinaires, car sans doute on pourra,
640 en se faufilant pour ainsi dire, à travers les interstices du temps, effectuer avec impunité les exploits les plus remarquables et les plus criminels même.

Comme les préparations puissantes, l'Accélérateur sera susceptible d'abus. Nous avons toutefois discuté très à
645 fond cet aspect de la question et décidé que c'est là purement une matière de jurisprudence médicale, entièrement en dehors de nos attributions. Nous fabriquerons et vendrons l'Accélérateur, et, quant aux conséquences... nous verrons !

trad. Henry D. Davray et B. Kozakiewicz.

Potentiel humain 0,487

Fabrice Colin
(2001)

DEIMOS [1] II : SUR LES PENTES DU MONT OLYMPE, LA CITÉ DU FUTUR VOUS ATTEND !

Bienvenue !

Bienvenue à Deimos II, troisième cité martienne par sa population
5 *mais première en termes de développement économique ! Située aux*
abords du fantastique mont Olympe [2] (altitude : 26 kilomètres),
Deimos II est aujourd'hui le plus brillant symbole de la prospérité
martienne. Tout ce que vous pouvez attendre d'une métropole en
pleine expansion se trouve ici : un complexe industriel à la pointe
10 *de l'innovation, des infrastructures ultramodernes offrant toutes les*
garanties rêvées, un réseau de transports parfaitement sécurisé et des
résidences néopyramidales tout confort. Votre plaisir ne sera pas
oublié : venez découvrir nos trois parcs d'attractions géants et dépen-
ser une partie de votre imposant salaire dans nos célébrissimes casi-
15 *nos-labyrinthes. Ou bien partez en excursion sur les pentes de nos*
canyons verdoyants, au cœur des plus beaux paysages qu'une planète
terraformée [3] puisse offrir. N'hésitez plus ! Si, comme nous, vous esti-
mez qu'il est temps de passer à la vitesse supérieure, alors notre ville
est celle dont vous avez toujours rêvé.

20 *Deimos II : quand l'ambition est un art, et la réussite un mode*
de vie.

(extrait d'un message publicitaire diffusé sur Channel Ultimate)

Je m'appelle Oliver. Oliver Tattum, et je suis né sur
Terre.

---

1. Déimos est aussi le nom d'un des satellites naturels de la planète Mars.
2. Mont Olympe : volcan bouclier de la planète Mars, qui forme le plus haut
relief connu du système solaire.
3. Terraformée : terme de science-fiction qui désigne ici une planète dont
l'environnement naturel a été modifié afin de la rendre habitable.

Je suis venu sur Mars il y a cinq ans pour chercher du boulot, et figurez-vous que j'en ai trouvé : à Deimos II. Je travaille dans une station-service pour aéronefs, quelque part à la périphérie de la ville. Je ne gagne pas beaucoup d'argent : huit mille crédits [1] par mois, ce qui est tout juste suffisant pour payer mon loyer et m'acheter à manger. Mais je ne me plains pas. Mon studio donne sur les canyons et, sur Terre, je gagnais encore moins. Sans parler de la pollution. À Deimos II, au moins, on peut voir le soleil. Il ne faut pas trop en demander.

Donc, je suis garagiste. Si vous avez déjà entendu parler de Mars, vous devez vous demander comment un type intelligent et travailleur comme moi a pu se débrouiller aussi mal. Quand on regarde la télé ou qu'on écoute ce que les gens racontent, on a l'impression que tout le monde est millionnaire sur cette planète. Moi, je fais mes onze heures par jour et je ne vois toujours rien venir. Je ne sais pas. Peut-être que le destin me met à l'épreuve et qu'il attend un peu avant de me faire toucher le gros lot. Ou peut-être que la vie à Deimos II n'est pas aussi géniale que le disent les prospectus.

Jusqu'à l'année dernière, les affaires marchaient doucement. Doucettement même, mais enfin elles marchaient. Disons que notre station-service n'était ni la plus belle ni la plus moderne de Deimos II. La plupart des habitants de la ville préféraient faire le plein ailleurs. Facile à comprendre : ils avaient leurs propres hangars, leurs propres mécaniciens, leurs propres chauffeurs, et tout ça aux frais de leur entreprise. Les gens qui s'arrêtaient chez nous le

1. **Crédits** : monnaie fictive couramment utilisée en science-fiction.

faisaient par erreur. Ou bien c'était des étrangers : cadres
en mission, extraterrestres en transit, simples touristes.

Je travaillais avec un vieil ami d'enfance appelé Humberdeen. La station, nous l'avions montée avec de l'argent patiemment mis de côté : c'était pour ainsi dire notre bébé. Mais la concurrence était très rude. Les grandes stations des centres commerciaux nous faisaient beaucoup de mal, et le cours du carburant n'arrêtait pas de grimper. Bref, la courbe de notre chiffre d'affaires ressemblait aux pentes du mont Olympe... côté descente.

De temps à autre, l'un de nous deux arrivait avec une nouvelle idée pour essayer de redresser la barre. Nous avions d'abord installé des machines à sous et des distributeurs de boissons. Ça pouvait ressembler à un bon plan. Sauf que des machines à sous et des distributeurs, vous en trouviez à tous les coins de rue, et qu'il n'y avait aucune raison pour que les gens choisissent précisément les nôtres. Nous avions donc songé à des solutions un peu plus imaginatives. Nous pouvions repeindre toute la station aux couleurs des Diables Rapides, l'équipe vedette de fastball [1] (mais c'était illégal). Installer une déviation sur l'embranchement K-73, un peu plus haut vers les montagnes, de sorte que tout le monde aurait été obligé de passer devant chez nous (mais c'était encore plus illégal). Embaucher Lania, la petite amie de Humberdeen, au poste de caissière, en espérant que son sourire adorable compenserait un peu le prix toujours plus élevé du carburant (mais jamais elle n'aurait accepté ça ; et de toute façon, nous n'avions pas de quoi la payer).

_____

1. **Fastball** : sport fictif.

Chercher des idées farfelues, ça nous occupait et ça nous donnait l'impression que nous maîtrisions la situa-
tion. Jusqu'à ce jour, peu avant le nouvel an terrien, où nous procédâmes aux comptes de fin d'année. Je me souviens très bien de cet après-midi-là. La station tournait au ralenti et nous nous étions enfermés, Humberdeen et moi, dans notre petit cabanon de Plexiglas, devant notre écran
extraplat. Je dictais les chiffres, lui les rentrait. Cela nous prit un bon moment et, à la fin, nous fûmes bien contents d'appuyer sur la touche *Enter* pour effectuer l'addition. Mais lorsque le total apparut, nous avalâmes tous deux notre salive.

«Ah, fit Humberdeen.

– Oops», ajoutai-je pour dire quelque chose.

Mon ami se prit la tête entre les mains.

«Dis-moi qu'on s'est trompés, gémit-il. Dis-moi que c'est un mauvais rêve.

– Je ne peux pas te dire ça.

– Cette fois, soupira Humberdeen, on est vraiment dans la mouise. Il nous reste un mois pour trouver cinquante mille crédits.

– Sinon?

– Sinon, on sera obligés de fermer.»

Je regardai au-dehors. Fermer la station. Même dans mes pires cauchemars, je n'avais pas imaginé que nous puissions en arriver là. Fermer la station, cela voulait dire trouver un autre travail ou quitter Deimos II car, à part
remplir des aéronefs de carburant, je ne savais pas faire grand-chose d'utile. Et quitter Deimos II, cela signifiait revenir sur Terre : une perspective qui ne m'enchantait

guère. M'engager dans l'armée ? Je préférais ne même pas
y penser.

115 « Où est-ce qu'on va trouver cinquante mille crédits ? »
demandai-je à voix haute.

Humberdeen me regarda comme si je venais de dire un
gros mot.

« Si je le savais, répondit-il, je ne crois pas que je tra-
120 vaillerais dans une station-service. »

La journée touchait à sa fin. Humberdeen et moi
n'habitions pas très loin l'un de l'autre, et nous avions
l'habitude, lorsque notre travail se terminait, d'aller
prendre un verre soit chez lui soit chez moi. Mais ce soir-
125 là, chacun rentra de son côté.

Une fois à la maison, je m'installai à la fenêtre avec
un énorme jus de goyave transgénique [1] et je regardai les
immenses plaines de Mars en écoutant un morceau de
musique classique. À perte de vue, des canyons recouverts
130 de végétation dessinaient un réseau chaotique. Le soleil
sombrait lentement à l'horizon. Presque sans m'en rendre
compte, je me mis à penser à Lania, la copine de Humberdeen. Son visage flottait dans l'air du soir. « C'est drôle,
me dis-je. J'ai toujours été amoureux d'elle, mais je ne le
135 comprends vraiment que maintenant. Et je crois bien qu'il
est trop tard. »

Intérieurement, je me traitai d'imbécile. Puis je me
servis un nouveau verre.

Les jours suivants s'écoulèrent dans une sorte de
140 torpeur.

---

1. *Transgénique* : génétiquement modifiée.

Humberdeen et moi venions au travail en traînant des pieds. Aucun de nous deux n'osait poser à l'autre la question qui l'obsédait : as-tu trouvé quelque chose ? En ce qui me concernait, l'échec était total. J'avais beau me creuser
145 les méninges, impossible de dénicher le moindre embryon d'idée. Vendre des affaires ? Je ne possédais aucun bien de valeur. Emprunter de l'argent ? Je n'avais plus vraiment de famille, et les quelques amis que je m'étais faits sur Mars étaient au moins aussi démunis que moi. Jouer au casino ?
150 L'idée m'avait taraudé un moment. Mais si j'avais le malheur de perdre, la situation deviendrait plus difficile encore.

Non, le plus simple était certainement de chercher un autre travail. Avec un peu de chance, les gigantesques sta-
155 tions-service du centre-ville avaient besoin de nouveaux mécaniciens. Après tout, je n'étais pas si mauvais que ça. Ou peut-être que si ? Ou peut-être que personne ne voudrait m'embaucher parce que j'avais eu le malheur de travailler pour une station indépendante. Je commençais à
160 dormir assez mal. Il fallait absolument que je trouve une issue. Plus j'attendrais et plus cela deviendrait compliqué.

Un matin, après y avoir réfléchi toute la nuit, j'arrivai au travail avec une ferme résolution : j'allais démissionner. Bien sûr, Humberdeen prendrait sûrement très mal la
165 chose. Mais avais-je réellement le choix ? Assis derrière ma console de contrôle, je passai la matinée à retourner le problème dans ma tête. De temps en temps, un type arrivait dans son aéroglisseur, et je devais quitter mon fauteuil. Bon sang, mais où était passé Humberdeen ? Lorsque je
170 me rendis compte de son absence, il avait déjà deux heures de retard. Je sentis comme une boule au creux de mon

estomac. Un horrible pressentiment était en train de se faire jour. Bon sang, tout était clair ! Humberdeen avait pris les devants. C'était *lui* qui démissionnait, *lui* qui aban-
175 donnait son poste. Et moi, je me retrouvais seul avec cette fichue station-service. J'allais devoir me débrouiller par moi-même et, avec un peu de chance, les huissiers [1] ne tarderaient pas à arriver et ils... ils...

Je m'arrêtai net.

180 Humberdeen venait de faire son apparition.

Pour le coup, mon soulagement fut si intense que j'en oubliai provisoirement toute idée de partir. Mon ami lui-même semblait radieux. Il pénétra dans notre cabanon avec un large sourire de satisfaction. Puis il tapa du poing
185 sur le comptoir et je remarquai que sa main était en métal.

« M... mais... balbutiai-je, hypnotisé.

– Nos ennuis d'argent sont terminés, m'annonça-t-il fièrement.

– Quoi ? »

190 Il retroussa sa manche et exhiba un superbe bras métallique avec, gravé en lettres bleu acier, un logo futuriste : SyneTech.

« Tu n'as pas fait ça, murmurai-je.

– Bien sûr que si, je l'ai fait. Et si tu veux tout savoir,
195 oui, je me sens un autre homme. Un homme plus riche de trente mille crédits.

– Bonté divine. »

Humberdeen glissa sa carte de crédit dans la fente du distributeur et attrapa une boisson fraîche, qu'il vida d'un

---

1. *Huissiers* : officiers ministériels chargés d'exécuter les décisions rendues par les tribunaux, notamment de saisir et de vendre les meubles des personnes qui ne paient pas leurs dettes.

200 trait. Puis il se retourna vers moi et fit claquer sa langue.
J'étais partagé entre stupeur et gratitude : je savais très bien
ce que trente mille crédits pouvaient signifier pour nous,
mais je savais aussi très bien ce qui s'était passé le matin.
Mon ami avait vendu son bras à un laboratoire de cybergé-
205 nétique[1]. On lui avait mis une prothèse en métal à la place.
Et on lui avait donné de l'argent. Pour le gain publicitaire
lié au logo. Et l'utilisation éventuelle du membre organique... plus tard.

«Tu es complètement fou, dis-je. Tu as pensé au syn-
210 drome de Coppélia[2]?

– J'étais sûr que tu réagirais comme ça.

– Mais enfin...

– Tss, tss, me coupa-t-il en levant sa main métallique.
Pour commencer, l'opération est entièrement sans douleur.
215 Mais en plus de ça, ils te gardent ton bras. Ils le cryogénisent[3]. Et tiens-toi bien, tu as dix ans pour le récupérer.
Dix ans, tu te rends compte! Dans quelques mois, j'irai le
rechercher. C'est juste le temps de nous refaire une santé.
Quant au syndrome de Coppélia, rien n'a jamais été
220 prouvé. Regarde un peu ça!»

Il se posta devant moi et me tendit son bras.

«Touche.»

---

1. Cybergénétique : mot inventé, formé de cybernétique (science qui porte
sur les communications et le contrôle des êtres vivants et des machines) et de
génétique (science du patrimoine héréditaire des organismes et de ses modifications).
2. Syndrome de Coppélia : maladie fictive, inspirée du personnage de Coppélia, apparaissant dans le ballet homonyme d'Arthur Saint-Léon et inspiré
de la nouvelle «L'Homme au sable» d'Hoffmann. Coppélia est une automate
dont un homme tombe amoureux.
3. Cryogénisent : congèlent, conservent à très basse température.

J'avançai une main hésitante. Effleurai le métal brillant. Le contact était lisse, glacé. Il fit bouger ses doigts dans un
225 silence parfait.

« Alors ?

– Je… Je ne sais pas trop, avouai-je.

– Donne-moi ta main.

– Quoi ?

230 – Donne-moi ta main, je te dis. Je ne vais pas te faire mal. »

Timidement, je mis ma main dans la sienne. Ses doigts se refermèrent doucement. Il commença à serrer. Je sentis la puissance de sa poigne. Il serra plus fort.

235 « Hé ! » protestai-je.

Encore plus fort. Cela faisait vraiment mal à présent. Assurément, il aurait pu me broyer les os sans le moindre effort. Je commençai à paniquer.

« Arrête ! »

240 Il relâcha la pression d'un coup et me regarda en souriant.

« Dix fois, me dit-il. Dix fois la puissance d'un bras normal. »

Je repassai derrière mon comptoir et fis mine de piano-
245 ter quelque chose sur le clavier. Mais il n'était pas dupe. Il me regardait sans cesser de sourire.

« Qu'en pense Lania ?

– Oh. Elle trouve ça… intéressant.

– Il n'y a aucun effet secondaire ?

250 – Pas le moindre. Qu'est-ce que tu veux qu'il m'arrive ? Que je me transforme en robot, comme ils racontent dans les journaux ? »

Il traversa la pièce en mimant une démarche mécanique avec un bruit de ferraille. Iiink, iiink.

255 «Arrête, dis-je. Ce n'est pas drôle.

– En attendant, répliqua-t-il, je viens probablement de sauver *ton* travail.»

Je savais que je devais répondre quelque chose mais, pour une raison que je ne pouvais m'avouer, le mot 260 «merci» refusait de passer le barrage de mes lèvres. Finalement, je marmonnai deux ou trois syllabes, et il sembla s'en satisfaire. Je me sentais mal à l'aise. À chaque fois que je regardais son bras, un frisson remontait le long de mon échine[1]. C'était sans doute une question d'habitude.

265 Le reste de la journée se passa sans incident notoire. En fin d'après-midi, Humberdeen me fit savoir qu'il devait faire une course en ville, et je restai seul à mon poste. Lania vint me rendre une petite visite peu avant la fermeture.

«Humberdeen est là?»

270 Je secouai la tête.

«Il est parti il y a une petite heure.

– Mince.»

Elle effleura du doigt un rayon d'accessoires de moteur et se tourna vers moi : fraîche, ravissante, une mèche de 275 cheveux violets ramenée sur son front pâle.

«Pourquoi me regardes-tu comme ça?

– Je... Pour rien, mentis-je.

– Tout va bien à la station?

– Eh bien, je crois.»

280 Où voulait-elle en venir?

«Et Humberdeen?»

---

1. *Mon échine* : ma colonne vertébrale.

Je haussai les épaules. Elle s'avança de quelques pas.

«Tu as vu son bras?»

Je hochai la tête.

285 «Qu'est-ce que tu en penses?»

Nouveau haussement d'épaules.

«Moi, je trouve ça complètement idiot», dit-elle.

Et elle me laissa là sans plus de commentaires.

La station ne marchait pas trop mal, et je crus tout
290 d'abord que nous en resterions là. Mais près d'un mois
après cet épisode, notre bilan était toujours dans le rouge :
l'argent ne rentrait pas assez rapidement et nous avions
des fournisseurs à payer, de vieilles factures un peu trop
vite enterrées. Humberdeen semblait plus soucieux que
295 jamais. Je pouvais me mettre à sa place : il avait vendu l'un
de ses bras pour nous tirer d'affaire, et nous étions encore
en déficit[1]. Il nous manquait trente mille crédits. Chaque
fois que je regardais son membre métallique, je ne pouvais
m'empêcher de me sentir coupable. Mais nous évitions soi-
300 gneusement d'aborder le sujet.

Un matin où je me trouvais seul, Lania me rendit une
nouvelle visite. Ses gestes étaient nerveux et elle paraissait
fatiguée. Tout ça ne présageait rien de bon.

«Tu sais ce qu'il veut faire? me demanda-t-elle de but
305 en blanc sans même me dire bonjour.

– Vendre son autre bras?

– Pire que ça.

– Pire?

– Sa jambe.»

310 Elle m'adressa un regard douloureux.

---

1. *Déficit* : ici, manque d'argent.

« Oliver, me dit-elle. Il faut à tout prix que tu l'en empêches. »

Je lui promis de faire tout mon possible. Mais au fond de ma conscience, une petite voix désagréable me traitait doucement de menteur. Quelle solution nous restait-il ? J'avais l'horrible impression que tout était déjà écrit.

Après le départ de Lania, je commençai à réfléchir. Et si moi aussi je vendais l'un de mes membres ? Après tout, qu'est-ce que je risquais ? Toutes ces histoires entendues un peu partout comme quoi les gens qui faisaient ça finissaient par se transformer en robots étaient certainement très exagérées. Le syndrome de Coppélia : encore un truc pour nous faire peur. Trente mille crédits, cela pouvait valoir la peine.

Midi clignota en lettres dorées sur ma montre dermique. Je fermai la station pour deux heures et pris le métro jusqu'au siège de BioFuture, une firme concurrente de SyneTech dont j'avais trouvé les coordonnées dans l'annuaire. J'essayais de ne pas trop réfléchir. Ma décision était prise mais, si je commençais à y penser, je ferais sûrement marche arrière. Arrivé sur la grande esplanade au pied de l'immeuble, je levai les yeux vers le sommet. La hauteur me donnait le vertige. Une voix connue me tira de mes rêveries.

« Oliver ? »

Je sursautai.

« Humberdeen ? Qu'est-ce que tu fais là ?

– C'est plutôt à toi qu'il faudrait poser la question. »

Sans rien ajouter, il releva le bas de son pantalon, dévoilant une cheville et un mollet entièrement chromés où scintillait le logo BioFuture.

« C'est Lania qui t'envoie m'espionner ?

– Tu rigoles, dis-je. En fait, je voulais simplement...

– ... simplement faire comme moi, termina Humberdeen avec un sourire féroce. Cinquante mille crédits, mon petit ami. J'ai préféré prendre les devants. »

Je secouai lentement la tête.

« Humberdeen...

– Quoi ? Tu *voulais* que je le fasse. Tu n'attendais que ça.

– Ce n'est pas...

– Avec cinquante mille crédits, nos ennuis sont définitivement terminés. Et cette jambe, je l'aime, tu comprends ? »

Il passa sa main sur le métal en fermant les yeux.

« Si j'en avais deux pareilles, je pourrais faire des bonds de six mètres de haut. Vingt en longueur. »

J'étais abasourdi.

« Mais tu ne serais plus toi-même, dis-je.

– Qu'est-ce que tu racontes ? répondit vivement Humberdeen. Je suis un être humain. Je le serai toujours. L'âme est à l'intérieur du corps, murmura-t-il en se frappant la poitrine. C'est ça qui est important. Le reste, nos membres... Ils ne sont pas très perfectionnés. Ils vieillissent. Leurs performances sont médiocres. Pense à ça. Si j'avais deux jambes comme celle-ci, je pourrais travailler deux fois plus.

– Pour quoi faire ? demandai-je.

– Je ne sentirais plus la fatigue. »

Je me grattai la nuque en poussant un soupir.

« Promets-moi que c'est la dernière fois », dis-je.

Humberdeen m'adressa un clin d'œil et tourna les talons. Je le vis sautiller sur sa jambe métallique. Il était un peu déséquilibré, mais sa démarche était incontestable-
375 ment plus rapide. Je me sentis soudain très triste.

Le soir même, Lania passa me rendre visite.

Aux traces de maquillage sur ses joues, je devinai qu'elle avait pleuré. Je l'invitai à s'asseoir à mes côtés en face de la grande baie vitrée. C'était comme un rituel pour
380 moi. Le soir tombait doucement sur les plaines, et nous étions probablement des milliers ainsi, renversés sur nos fauteuils, à contempler l'immensité sereine avec au cœur une profonde nostalgie… tous ces canyons autrefois rouge poussière, et désormais si semblables à la Terre.

385 « Il a changé, fit Lania.

– Je sais.

– Il ne parle que d'argent.

– Je travaille avec lui. Je suis au courant.

– Il dit qu'il pourrait ouvrir une deuxième station en
390 revendant un autre bras. Il dit qu'il pourrait trouver des centaines d'emplois si tous ses membres étaient en métal. »

Je fermai les yeux.

« Oliver, dit Lania en me prenant doucement la main. Qu'est-ce que je peux faire ? »
395 Je me tournai lentement vers elle.

« Menace-le, dis-je.

– Hein ?

– Menace-le de le quitter. Dis-lui que tu ne veux pas vivre avec un robot, mais avec un homme.
400 – Je ne peux pas faire ça, répondit Lania après un long silence.

– Et pourquoi pas ? »

– J'aurais trop peur de sa réponse. »

Le temps passait lentement. Nos ennuis à la station-service appartenaient au passé. Nous avions refait la décoration, embauché un assistant pour le nettoyage, acheté une enseigne toute neuve et lancé des offres promotionnelles. Les aéronefs étaient beaucoup plus nombreux à s'arrêter chez nous. Parfois, je regrettais un peu le style rétro de nos vieilles pompes chromées, mais je devais reconnaître que les nouveaux modèles étaient beaucoup plus efficaces. Nous avions également un petit magasin, où nous ne vendions que des marques. Nous portions un uniforme et une casquette à visière. Humberdeen était devenu le vrai patron de la station. Il travaillait comme un dingue, toujours plus et sans la moindre fatigue. Ses membres artificiels avaient décuplé sa force : il était bel et bien capable de soulever une carrosserie entière à main nue. Auprès des clients, son bras métallique faisait toujours sensation. Les enfants étaient fascinés. De temps à autre, il jouait au robot avec eux. Leurs parents regardaient tout ça d'un air amusé. « Papa, est-ce que je peux avoir un bras bionique ? » Les parents souriaient.

Lania avait été bannie des conversations. J'ignorais si elle et Humberdeen étaient toujours ensemble. Lorsqu'elle passait me voir chez moi, elle refusait de m'en parler. Mais elle n'avait pas l'air particulièrement heureuse. Assise dans mon fauteuil, elle sirotait pensivement son jus de goyave transgénique.

« Raconte-moi la Terre », demandait-elle parfois.

Elle était une vraie enfant de Mars, née sur la planète rouge, avec des rêves plein les yeux, des rêves d'océan et de vie tranquille. J'étais de plus en plus amoureux d'elle. Mais le moment de lui dire n'était pas encore venu.

435   L'argent coulait à flots. Un jour, Humberdeen m'annonça qu'il venait d'acheter une nouvelle station-service et que nous allions monter une chaîne.

«Tu aurais tout de même pu m'en parler, protestai-je. Nous sommes associés, non?»

440   Mais au fond, je m'en moquais.

    J'avais remarqué que Humberdeen s'était fait greffer une seconde jambe en métal, d'une marque que je ne connaissais pas. Il se promenait toujours en short pour que chacun puisse bien l'admirer. Un jour, une navette quitta 445 notre station sans payer. Humberdeen se lança à sa poursuite et la rattrapa à la course. Personne ne fit de commentaires. La cause était entendue : notre ami était devenu un cyborg[1]. Pour le meilleur et pour le pire.

    Un matin, il me proposa de lui revendre mes parts. Je 450 n'hésitai pas longtemps avant d'accepter. Il me les rachetait cinq fois leur prix. Cela me faisait un peu d'argent de côté, au cas où…

    «De toute façon, me dit-il, je vois bien que tu ne t'intéresses plus à ton travail.»

455   Je ne pris même pas la peine de lui répondre. Ces dernières semaines nous avaient vus nous éloigner l'un de l'autre à une vitesse stupéfiante. Nous ne nous adressions presque plus la parole. Terminées, les virées nocturnes dans les bistrots de Deimos II. Humberdeen avait changé. 460 Il était devenu froid, cérébral : un parfait étranger. Il ne

---

1. Cyborg : voir note 1, p. 21.

s'intéressait plus qu'à la mécanique, à la finance et aux jeux d'argent. Je savais qu'il dépensait une bonne partie de sa paie dans les casinos du centre-ville. Il développait des théories abracadabrantes sur les probabilités. «Seuls les
465 chiffres ne mentent jamais» : voilà ce qu'il disait.

En attendant, je continuais à voir Lania. J'insistais pour la voir. Lorsque j'avais congé, je l'emmenais en promenade sur les contreforts du mont Olympe. Nous avions besoin d'air. Parfois, nous louions une chenille et nous allions
470 observer les ptérosauriens[1], des monstres sortis tout droit des laboratoires génétiques terriens, plus vrais que nature. Un jour, nous restâmes immobiles pendant de longues minutes à regarder les cercles qu'ils décrivaient dans le ciel. Lania posa doucement sa tête sur mon épaule.

475 «Tu sais, me dit-elle. Je ne suis plus avec Humberdeen. Plus vraiment.»

Mon cœur se mit à battre plus vite.

«Comment ça ?

– Eh bien! J'ai laissé passer deux semaines pour voir
480 s'il me rappelait. Et il ne l'a pas fait. Il n'a même pas essayé.

– Lania...»

Des larmes coulaient sur ses joues, venaient mourir sur ses lèvres.

485 «L'autre jour, poursuivit-elle, je suis passé à la station numéro deux.

– Celle où je ne vais jamais...

– Celle où tu ne vas jamais. Il était là. Il a dit des choses sur toi... Oh, Oliver!

---

1. Ptérosauriens : animaux fictifs dont le nom est formé des racines «-ptère» (aile) et «-saure» (lézard).

490   – Des choses ?

– Il a dit que tu ne réussirais jamais dans ce métier. Que tu n'avais aucune ambition, que tu finirais par mourir de faim. J'ai essayé de te défendre. Je lui ai dit qu'il n'était qu'un imbécile. Je lui ai dit : "Regarde où elle te mène, ton

495 ambition ! Tu es atteint du syndrome de Coppélia, tu t'en rends compte ?" Alors il s'est mis en colère. Il a dit que j'étais comme toi, que je devrais vivre avec toi. Et puis il a donné un violent coup de poing dans le mur avec son bras en métal. Et ça a fait un trou. Il a dit qu'il en avait assez

500 de moi. Que SyneTech lui proposait un poste de consultant technique et qu'il allait certainement accepter au lieu de continuer à se décarcasser pour nous. Je n'ai pas voulu en entendre davantage. »

Pendant un moment, je restai silencieux, un peu désar-

505 çonné. J'étais étonné de voir à quel point tout cela m'était étranger. Je regardai droit devant moi, au-delà d'une faille immense, de l'autre côté. Et je songeai « bon sang, c'est comme si Humberdeen était sur l'autre versant ». À présent, il y avait un gouffre entre nous.

510 Il ne se passa rien ce jour-là entre la douce Lania et moi. Peut-être n'en avions-nous pas vraiment envie. L'ombre de Humberdeen planait sur notre histoire.

Le lendemain, je retournai au travail, et les jours d'après aussi, comme si de rien n'était.

515 Les choses empiraient, et empiraient encore. Humberdeen s'était fait greffer un second bras. Désormais, il ne lui restait plus aucun membre humain. Seuls le torse et la tête étaient encore d'origine. Les épaules et les hanches étaient sponsorisées par LogiForm et SteelTran. Humber-

520 deen ne prenait plus la peine de mettre de vêtements.

Lorsque la chair disparaît, le sentiment de pudeur s'efface. Un matin, une évidence me frappa de plein fouet : mon ami ne possédait plus d'organe reproducteur. Cela aussi, on lui avait enlevé. Plus jamais il ne pourrait avoir
525 d'enfant. Plus jamais il ne pourrait connaître le plaisir avec Lania, ou avec n'importe quelle autre femme. J'étais consterné.

Nos relations devinrent exécrables [1].

Le Humberdeen chromé et bardé de logos qui se tenait
530 devant moi n'avait plus rien d'un être humain. Son regard même avait changé. Il paraissait toujours en avance sur les choses, ou parfois en retard, comme un acteur égaré dans un mauvais film. Il ne semblait plus éprouver aucun senti-ment. Il ne se fiait qu'à sa raison, froidement, dans son
535 propre intérêt et dans celui des stations. Il avait ouvert deux autres officines, et elles étaient maintenant sa passion exclusive. Quant au nom de Lania, il était devenu tabou. De toute façon, Humberdeen ne m'adressait quasiment plus la parole. Ou alors pour me donner des ordres. Pour-
540 tant, et malgré ce qu'il était devenu, je ne pouvais oublier ce que nous avions vécu ensemble. Je désirais vraiment l'aider. Le soir venu, je faisais des recherches sur le réseau, sur les cyborgs et sur les sociétés auxquelles mon ami avait vendu ses membres.
545   CYBORG n. m. Être organique (homme ou animal) à qui l'on a greffé des parties mécaniques. Le cyborg conserve sa conscience d'origine, mais celle-ci peut être altérée par l'adjonction répétée de prothèses. Le sujet perd alors son humanité. Voir «syndrome de Coppélia».

---

1. *Exécrables* : très mauvaises.

550 SYNDROME DE COPPÉLIA **Méd**. Déficit[1] d'humanité constaté chez certains cyborgs humains. Les sujets
perdent leur aptitude à éprouver des sentiments, et se comportent comme de véritables robots. Le syndrome est dégé-
nératif. Il n'existe aucun traitement fiable connu. **Origine** :
555 Coppélia est un personnage du folklore allemand, un automate dont un pauvre homme exalté tombe tragiquement
amoureux, croyant qu'elle est humaine.

Quant aux sociétés auxquelles Humberdeen avait
vendu ses membres, les LogiForm, SyneTech et que sais-je
560 encore, je me rendis bientôt compte qu'elles ne formaient
qu'une seule et unique entité. Le siège social était le même.
Tout remontait à la même source. Sur le coup, je faillis en
pleurer. Dans quel monde étrange vivions-nous ? Un
monde où la liberté n'était qu'une illusion. Un monde qui
565 vous donnait l'impression de choisir, mais où tous les
choix vous ramenaient au même point. En vérité, il n'y
avait pas de choix. Pas même de concurrence. Tous les
laboratoires cybernétiques[2] de Mars travaillaient main
dans la main. Et personne ne semblait s'en soucier. Pas
570 même Lania : lorsque je lui en parlai un soir, elle haussa
simplement un sourcil.

« Tu ne savais pas ? »

Non. Non, pauvre naïf que j'étais. Je ne savais pas.

Les jours suivants furent les plus pénibles de toute mon
575 existence. Humberdeen n'avait plus grand-chose
d'humain. La froideur de ses membres gagnait maintenant
le tréfonds de son âme. Le syndrome de Coppélia le frap-
pait de plein fouet. Son cœur devenait métallique. Il ne

---

1. *Déficit* : ici, manque.
2. *Cybernétiques* : voir note 1, p. 67.

riait plus. Il ne pleurait plus. Il ne paraissait plus inquiet,
580 ni enthousiaste. Ma vie l'indifférait. Toutes les vies l'indiffé-
raient. Il devait vaguement savoir que j'étais épris de son
ancienne amie, mais il ne me posait jamais de questions.
Il avait tout simplement *oublié*.

Chaque après-midi, peu avant la fermeture, il disparais-
585 sait pour aller je ne sais où et, lorsqu'il revenait, il allumait
notre écran de contrôle, entrait des séries de chiffres dans
l'ordinateur et regardait autour de lui d'un air très calme.
D'après ce que j'en savais, notre réseau de stations était
désormais coté en Bourse. Notre société gagnait de
590 l'argent même lorsqu'elle était fermée. Des actions chan-
geaient de mains. De riches financiers pariaient sur nous,
investissaient de lourdes sommes. Notre chiffre d'affaires
n'en finissait plus de grimper. Une nouvelle station
s'ouvrait pratiquement chaque semaine. Un succès fulgu-
595 rant. Les gens faisaient la queue pour venir chez nous :
notre décoration était froide, mais nos prix imbattables. La
situation excentrée de nos stations évitait aux voyageurs
de devoir se rendre jusqu'au centre-ville pour faire le plein.
Nous avions un logo : CheapTravel. Le voyage pas cher.
600 Un nom mensonger pour une société qui n'était pas la
mienne.

Je me sentais terriblement mal à l'aise. Les nouveaux
employés embauchés par Humberdeen étaient tous plus
jeunes que moi. Ils étaient dynamiques, ambitieux, effi-
605 caces, obstinément ponctuels. La plupart avaient aussi des
prothèses. Ils me regardaient de haut, comme une bête
curieuse échappée d'un autre âge. Je sentais que Humberdeen envisageait de me mettre à la porte. Peut-être
hésitait-il encore un peu. En souvenir du passé ?

610 De toute façon, j'étais sur le point de donner ma démission. La seule chose positive que m'avait apportée cette désolante affaire, c'était ma relation avec Lania. Humberdeen lui ayant clairement signifié que leur histoire était terminée (d'une voix blanche, monocorde), elle était 615 maintenant libre. Et je sentais qu'elle n'attendait qu'un signe de ma part. Il était grand temps de faire quelque chose de ma vie.

Un soir, Humberdeen revint à la station avec un air préoccupé. Il ne ressemblait plus à un cyborg. Il entra dans 620 mon cabanon et se laissa tomber sur un fauteuil.

«Nous sommes foutus, lâcha-t-il.

– Quoi?

– Nos actions se sont effondrées. La société ne vaut plus rien. Nous sommes foutus.

625 – Tu n'es pas sérieux!

– Je suis *toujours* sérieux.»

Le silence tomba entre nous comme un rideau.

Je jetai un coup d'œil à Humberdeen et me mordis les lèvres. Je songeais à ce qu'il avait fait. Il avait vendu son 630 corps pour cette station. Chacun de ses membres, l'un après l'autre. Il avait presque perdu son âme. Et voilà que tout cela partait en fumée. Cet immense sacrifice… pour rien.

Soudain, le cyborg se leva : je me souvenais qu'il avait 635 été mon ami. Je le vis sortir de la station en trombe et se mettre à courir. Je restai un long moment à le regarder filer comme une étoile vers le centre-ville. Puis il disparut. Alors je me levai à mon tour et me lançai à sa poursuite. L'un des employés, qui était devenu mon supérieur, me fit une 640 remarque. «Où pensez-vous aller?» Mais je ne l'écoutai pas. Quelque chose de terrible était en train de se produire, j'en avais le pressentiment. Je sortis mon téléphone portable et appelai Lania. En deux mots, je lui racontai l'histoire.

645 « Écoute, me dit-elle. Partageons-nous le travail, d'accord ? Tu fais le quartier des finances et je m'occupe du reste. Nous devons absolument le retrouver. »

Je raccrochai.

Un cyborg au bord du désespoir, cela se remarque, 650 non ?

Mais peut-être pas. Peut-être pas dans le quartier des finances, où tous les gens marchaient comme des robots, le regard vide, sans réfléchir. Petit à petit, je sentis les larmes me monter aux yeux.

655 Nous cherchâmes Humberdeen pendant six heures. Deimos II était une grande ville, une métropole. Il y avait des dizaines d'endroits où il pouvait se trouver. De temps en temps, je téléphonais à Lania.

« Alors ?

660 – Toujours rien.

– Oh, Oliver. Il y a des moments où cet endroit me donne la chair de poule.

– Des moments seulement ? Tu as de la chance. »

Où était Humberdeen ? Autant chercher une aiguille 665 dans une botte d'autres aiguilles. Pourtant, je savais qu'il nous fallait continuer. Et je pense que nous l'aurions fait jusqu'à la fin des temps si nous ne l'avions pas trouvé. Il était près d'une heure du matin lorsque je le dénichai enfin. Ce genre de miracle arrive parfois.

670 Discrètement, j'appelai Lania pour qu'elle vienne me rejoindre.

«Je suis dans un casino, dis-je. Le Kheops.

– J'arrive.»

Nous nous trouvions dans une sorte de hall immense
en forme de pyramide. Des tables de jeu étaient disposées
en files interminables. Humberdeen était installé à l'une
d'elles, très digne. Il était en train de jouer à *3D Random*,
une simulation holographique[1] de combat médiéval où
chaque endroit conquis valait une certaine somme d'argent
et où le mouvement des soldats était déterminé par le
hasard. Il n'y avait qu'à regarder ses soldats à lui pour
comprendre qu'il perdait.

«Il faut arrêter ça, me glissa Lania.

– Ça ne va pas être facile, dis-je.»

Autour de la table, des badauds faisaient cercle, un petit
sourire aux lèvres. La débâcle de Humberdeen les attirait
comme la charogne attire les vautours. Sans doute
attendaient-ils qu'il se passe quelque chose. Que cet
étrange cyborg s'effondre ou se mette à tournoyer sur lui-
même en poussant des hurlements métalliques. Lania avait
raison. Nous devions mettre un terme à tout ça. Fendant
la foule, je m'avançai au premier rang et posai une main
sur son épaule d'acier. Il ne se retourna pas.

«Humberdeen.

– Je joue, répondit-il.

– Tu joues quoi? Tu n'as plus d'argent.

– J'ai encore quelque chose à jouer, répondit-il en regar-
dant ses adversaires.»

---

1. *Une simulation holographique* : un procédé photographique par lequel
on peut représenter une image en trois dimensions.

L'un des gros types en face de lui m'adressa un clin
700 d'œil. Lania avait pris ma main dans la sienne. Nous regardions, hypnotisés. Humberdeen ne jouait pas très bien.
Son compteur personnel indiquait moins cent vingt mille
crédits. Il se débattit encore un moment, en pure perte.
Rien ne pouvait plus le sauver maintenant.

705 Lorsque la partie fut définitivement terminée, le gros
type se leva. Humberdeen baissa la tête comme un adversaire vaincu.

«Bon, fit le gros type. Je suis désolé, mais tu vas devoir
venir avec moi.»

710 Humberdeen se leva à son tour et commença à le
suivre. L'attroupement se dispersa.

«Qu'est-ce qui s'est passé?

– C'est le cyborg. Il a tout perdu.

– Et alors?

715 – Alors, il appartient à l'autre, maintenant.

– Comment ça, "appartient"?»

Lania resta quelques instants immobile, puis courut
vers le gros type et l'attrapa par une manche.

«Attendez, dit-elle. Quand est-ce qu'il vous faut cet
720 argent?»

L'homme nous adressa un regard méprisant.

«De quoi je me mêle?

– C'est notre ami, fis-je en désignant Humberdeen.

– Oh, lui? Ne vous faites pas de souci, tout est en
725 règle.

– Qu'est-ce que ça veut dire? demandai-je, notant
l'écusson SyneTech sur son blouson. Vous l'emmenez avec
vous? Mais pour quoi faire?

– Écoutez, répondit le gros type en attrapant notre ami
730 par l'épaule, moi, je n'ai forcé personne. Ce n'est pas de
ma faute si votre copain a mal joué.»

Humberdeen hocha doucement la tête.

«Laissez-le tranquille! s'écria Lania.»

Humberdeen la regarda droit dans les yeux et, l'espace
735 d'un instant, je crus voir une étincelle de compréhension
s'allumer dans ses prunelles. Mais, très vite, il détourna la
tête, et le gros type reprit son chemin. Il fallait trouver
quelque chose. Tout de suite.

«Nous avons l'argent, dis-je.»

740 Mensonge. Qu'est-ce qui m'avait pris?

«Pas besoin d'argent, soupira le gros type en se retournant une dernière fois vers nous. Vous ne comprenez pas?
Toutes ses dettes sont là!»

Il désigna les bras et les jambes de Humberdeen.

745 «Quoi?

– Votre ami s'est vendu lui-même. Ses membres appartiennent à notre société. Il fera un excellent robot
d'entretien.»

Le gros type attrapa un agent de sécurité qui passait par
750 là et nous désigna d'un hochement de menton.

«Ces messieurs-dames troublent ma tranquillité,
grogna-t-il. Je suis un homme d'affaires respectable.»

On nous fit comprendre qu'il était inutile de continuer
à discuter. Impuissants, nous regardâmes s'éloigner Hum-
755 berdeen et son nouveau propriétaire.

Lania se mit à pleurer et je sentis une grosse boule
remonter dans ma gorge. Pas une seule fois le cyborg ne
se retourna. C'était la dernière fois que nous le voyions.

Quelques semaines plus tard, Lania prit ses affaires et
760 vint s'installer chez moi.

La société CheapTravel avait été vendue, mais nous gardions la station d'origine. Un notaire commis d'office nous expliqua que celle-ci m'appartenait. Humberdeen l'avait mise à mon nom quelques semaines auparavant et, à ce
765 titre, elle échappait au rachat massif. J'avais du mal à en croire mes oreilles. Lania paraissait tout aussi étonnée que moi.

« À mon nom, répétai-je. Mais pourquoi ?

– Allez savoir. »

770 Le notaire fouilla dans ses documents et me donna la date exacte. J'essayai de me souvenir, mais cela ne donna rien. Un jour, il avait eu cette idée. Pourquoi ? Comment ? Nous ne le saurions jamais.

Peu à peu, je repris le travail. Lania devint mon asso-
775 ciée. Notre station était redevenue une station comme les autres. Nous ôtâmes l'enseigne CheapTravel, et nos prix redevinrent normaux, c'est-à-dire assez chers. Notre chiffre d'affaires ne tarda pas à replonger. Mais je préférais largement ça.

780 De Humberdeen, nous ne reçûmes plus la moindre nouvelle. Nous pensions souvent à lui. Lorsque nous apercevions quelqu'un avec une prothèse. Lorsque nous regardions les logos des sociétés clignoter au-dessus de la ville. Lorsque nous voyions des soldats cyborgs se faire massa-
785 crer aux informations. Son souvenir nous obsédait. À la fin, nous embauchâmes un avocat pour savoir ce qu'il était possible de tenter. Cela nous coûtait assez cher, mais nous voulions en avoir le cœur net. Pouvait-on acheter un

cyborg – même avec son consentement –, pouvait-on ache-
790 ter un être doué de conscience comme un vulgaire robot ?

Un jour, notre avocat nous téléphona pour nous dire qu'il avait du nouveau.

« J'ai une mauvaise nouvelle pour vous.

– Allez-y.

795 – Eh bien, voilà. Il apparaît que le matin même du jour de sa disparition, votre ami s'est soumis à un test de PH.

– Qu'est-ce que c'est ?

– Potentiel humain. C'est un questionnaire émotion-nel. Il détermine votre place sur une échelle d'humanité
800 allant de 0 à 1. À 0, vous êtes un caillou. À 1, vous êtes quasiment télépathe. Les gens comme vous et moi se situent, disons, entre 0,8 et 0,95. À partir de 0,5, on vous considère comme un humain à part entière. En dessous, vous devenez un robot. Et en tant que robot, vous avez
805 une valeur marchande. Vous pouvez vous vendre.

– Incroyable.

– Mais parfaitement légal. Et vous voulez savoir le pire ?

– Je ne suis pas sûr.

810 – Votre Humberdeen a obtenu un PH de 0,487. À treize millièmes près, il restait un humain. J'ai eu au télé-phone le professeur qui lui a fait passer le test et, pour lui, il n'y a aucun doute : votre copain a triché. Il aurait pu avoir plus. Il a fait exprès de se faire passer pour un robot.
815 Tout ça dans le but de se vendre. Il faut vraiment avoir un grain pour faire un truc pareil.

Je raccrochai.

Sans un mot, je pris la main de Lania. Nous marchâmes jusqu'à la baie vitrée.

820   L'humanité n'est pas qu'une affaire de prothèses. Si Humberdeen était devenu un cyborg, c'était aux ingénieurs de SyneTech qu'il le devait. À eux, et à cette horrible cité, où seul l'argent avait vraiment une importance.

       Devant nous, le tapis vert des nouvelles plaines mar-
825   tiennes s'étendait à perte de vue. Mais je ne pouvais oublier ce qu'avait été cette planète autrefois : un gigantesque désert. À la mesure du cœur des hommes.

Les Visages de l'humain (Jean-Pierre Andrevon, Fabrice Colin, Christian Grenier, Gudule, Jean-Pierre Hubert, Éric Simard), © Fleurus Éditions, coll. «Autres Mondes», 2001.

II. Vers une vie artificielle

Satisfaction garantie

Isaac Asimov
(1951)

Tony était grand et d'une sombre beauté, et ses traits à l'expression inaltérable[1] étaient empreints d'une incroyable distinction patricienne[2]; Claire Belmont le regardait à travers la fente de la porte avec un mélange d'horreur et de trouble.

«Je ne peux pas, Larry, je ne peux pas le supporter à la maison.»

Fébrilement, elle fouillait son esprit paralysé pour trouver une expression plus vigoureuse[3] à sa pensée; une tournure de phrase explicite qui réglerait une bonne fois la question, mais elle ne put que répéter une fois de plus :

«Je ne peux pas, c'est tout.»

Larry Belmont posa un regard sévère sur sa femme; il y avait dans sa prunelle cette lueur d'impatience que Claire redoutait tant d'y découvrir, car elle y voyait comme le reflet de sa propre incompétence.

«Nous nous sommes engagés, Claire, dit-il, et je ne peux vous permettre de reculer à présent. La compagnie m'envoie à Washington à cette condition, et j'en tirerai probablement de l'avancement. Vous n'avez absolument rien à craindre et vous le savez parfaitement. Que pourriez-vous objecter ?

– Cela me donne le frisson rien que d'y penser, dit-elle misérablement. Je ne pourrai jamais le supporter.

1. **Inaltérable** : immuable, constante, invariable.
2. **Distinction patricienne** : élégance noble.
3. **Vigoureuse** : forte.

25 — Il est aussi humain que vous et moi, ou presque. Donc, pas d'enfantillages. Venez.»

Sa main s'était posée sur la taille de la jeune femme et la poussait en avant; elle se retrouva toute frissonnante dans la salle de séjour. *Il* était là, la considérant avec une
30 politesse sans défaut, comme s'il appréciait celle qui allait être son hôtesse durant les trois semaines à venir. Le Dr Susan Calvin [1] était également là, assise toute droite sur sa chaise avec son visage aux lèvres minces, perdue dans ses pensées. Elle avait l'air froid et lointain d'une personne
35 qui a travaillé depuis si longtemps avec des machines qu'un peu de leur acier a fini par pénétrer dans son sang.

«Bonjour», balbutia Claire d'une voix timide et presque inaudible.

Mais déjà Larry s'efforçait de sauver la situation en
40 manifestant une gaieté de commande :

«Claire, je vous présente Tony, un garçon formidable. Tony, faites connaissance avec ma femme.»

La main de Larry étreignit [2] familièrement l'épaule du garçon. Mais celui-ci demeura impassible et inexpressif.
45 «Enchanté de vous connaître, madame Belmont», dit-il.

Et Claire de sursauter au son de sa voix. Elle était profonde et suave [3], aussi lisse que ses cheveux et la peau de son visage.

«Oh! mais... vous parlez! s'écria-t-elle avant d'avoir pu
50 se retenir.

— Pourquoi pas? Pensiez-vous trouver en moi un muet?»

---

1. *Le Dr Susan Calvin* : personnage de robot-psychologue récurrent dans les écrits d'Asimov.
2. *Étreignit* : serra.
3. *Suave* : douce.

Claire ne put que sourire faiblement. Il lui eût été bien difficile de préciser à quoi elle s'était attendue. Elle détourna les yeux, puis l'étudia du coin de l'œil sans en avoir l'air. Ses cheveux étaient lisses et noirs, comme du plastique poli – étaient-ils vraiment composés de fils distincts ? La peau olivâtre[1] de ses mains et de son visage se poursuivait-elle au-delà du col et des manches de son costume bien coupé ?

Perdue dans son étonnement, elle dut se contraindre pour écouter la voix sèche et dépourvue d'émotion du Dr Calvin :

«Madame Belmont, j'espère que vous êtes pleinement consciente de l'importance de cette expérience. Votre mari vous a, m'a-t-il dit, donné quelques renseignements sur le sujet. J'aimerais les compléter en ma qualité de psychologue doyenne de l'U.S. Robots.

Tony est un robot. Il figure dans les fiches de la compagnie sous désignation T N-3, mais il répond au nom de Tony. Il ne s'agit pas d'un monstre mécanique, ni d'une simple machine à calculer du type qui vit le jour au cours de la Seconde Guerre mondiale, il y a plus de quatre-vingts ans. Il possède un cerveau artificiel dont la complexité pourrait presque se comparer à celle du cerveau humain. C'est un gigantesque central téléphonique à l'échelle atomique qui permet d'établir des milliards de communications, tout en gardant les proportions d'un instrument que l'on puisse loger dans un crâne.

De tels cerveaux sont fabriqués spécifiquement pour chaque modèle de robot. Chacun d'eux dispose d'un certain nombre de connexions calculées d'avance, si bien que

---

1. Olivâtre : ici, bronzée.

chaque robot connaît d'abord la langue anglaise et suffisamment d'autres notions pour accomplir le travail auquel
85 il est destiné.

Jusqu'à présent, l'U.S. Robots s'était limitée à la
construction de modèles industriels devant être utilisés en
des lieux où le travail humain est impraticable – dans les
mines de grande profondeur, par exemple, ou pour les tra-
90 vaux sous-marins. Mais nous voulons à présent envahir la
cité et la maison. Pour y parvenir, nous devons amener
l'homme et la femme ordinaires à supporter sans crainte
la présence de ces robots. Vous comprenez, j'espère, que
vous n'avez rien à redouter de sa part ?

95 – C'est l'exacte vérité, Claire, s'interposa Larry. Vous
pouvez m'en croire sur parole. Il lui est impossible de faire
le moindre mal. Autrement je ne vous laisserais pas seule
en sa compagnie, vous le savez bien. »

Claire jeta un regard en dessous à Tony et baissa la
100 voix :

« Et si jamais je le mettais en colère ?

– Inutile de parler à voix basse, dit le Dr Calvin avec
calme. Il lui est impossible de se mettre en colère contre
vous. Je vous ai déjà dit que les connexions de son cerveau
105 étaient prédéterminées. La plus importante de toutes ces
connexions est ce que nous appelons la Première Loi de la
Robotique, qui est ainsi formulée : "Un robot ne peut
porter atteinte à un être humain ni, restant passif, laisser
cet être humain exposé au danger." Tous les robots sont
110 construits ainsi. Aucun robot ne peut être contraint,
d'aucune façon, à faire du mal à un humain. C'est pourquoi nous avons recours à vous et à Tony pour effectuer
une première expérience pour notre gouverne, tandis que

votre mari se rendra à Washington afin de prendre les
115 arrangements nécessaires pour procéder aux tests légaux.

– Cette opération serait donc illégale?»

Larry s'éclaircit la gorge :

«Pour l'instant, oui, mais ne vous faites pas de soucis.
Il ne quittera pas la maison et vous ne devrez le laisser voir
120 de personne. C'est tout... Je resterais bien avec vous,
Claire, mais je connais trop les robots. Il nous faut opérer
avec la collaboration d'une personne complètement inex-
périmentée afin d'obtenir des informations sur les cas les
plus difficiles. C'est indispensable.

125 – Dans ce cas... murmura Claire. (Puis une pensée la
frappa soudain :) Mais quelle est sa spécialité?

– Les travaux domestiques», répondit brièvement le
Dr Calvin.

Elle se leva pour prendre congé et ce fut Larry qui la
130 reconduisit jusqu'à la porte d'entrée. Claire demeura triste-
ment en arrière. Elle aperçut son reflet dans la glace sur-
montant la cheminée et détourna hâtivement les yeux. Elle
était très lasse de sa petite figure de souris fatiguée, et de
sa chevelure floue et sans éclat. Puis elle surprit les yeux
135 de Tony posés sur elle et fut sur le point de sourire,
lorsqu'elle se souvint...

Il n'était qu'une machine.

Larry Belmont se dirigeait vers l'aéroport lorsqu'il aperçut l'image furtive de Gladys Claffern. Elle avait le type de
140 ces femmes qui semblent faites pour être vues par éclairs
fugitifs... Fabriquée avec une parfaite précision; habillée
d'un œil infaillible, d'une main sans défaut; trop resplen-
dissante pour pouvoir être regardée en face.

Le léger sourire qui la précédait et le léger parfum qui
145 volait dans son sillage tenaient lieu de doigts aguicheurs.
Larry sentit son pas se rompre ; il porta la main à son chapeau et reprit sa marche.

Comme toujours, il ressentait cette même colère vague.
Si seulement Claire voulait se faufiler dans la clique Claf-
150 fern, cela faciliterait tellement les choses. Mais à quoi bon ?

Claire ! Les rares fois où elle s'était trouvée face à face
avec Gladys, la petite sotte était demeurée muette comme
une carpe. Il ne se faisait pas d'illusions. Les essais sur
Tony constituaient la grande chance de sa vie, et celle-ci se
155 trouvait entre les mains de Claire. Combien il serait préférable de la savoir entre celles d'une Gladys Claffern !

Claire s'éveilla le second matin au bruit d'un léger coup
frappé à la porte de la chambre à coucher. Elle fut immédiatement alarmée, puis elle sentit son sang se glacer dans
160 ses veines. Elle avait évité Tony le premier jour, laissant
paraître un petit sourire forcé lorsqu'elle se trouvait face à
face avec lui et s'effaçant avec un son inarticulé en guise
d'excuse.

« Est-ce vous, Tony ?
165 – Oui, madame Belmont. Puis-je entrer ? »

Elle avait sans doute dû prononcer le *oui* fatidique, car
il fut soudainement dans la chambre sans que son arrivée
eût été annoncée par le moindre bruit. Il portait un
plateau.
170 « Le petit déjeuner ? interrogea-t-elle.
– Si vous le permettez. »

Elle n'aurait pas osé refuser, aussi se dressa-t-elle lentement pour recevoir le plateau sur ses genoux : œufs
brouillés, pain grillé beurré, café.

₁₇₅ «J'ai apporté le sucre et la crème séparément, dit Tony, j'espère qu'avec le temps j'apprendrai vos préférences sur ce point et sur les autres.»

Elle attendait.

Tony, droit et flexible comme une règle d'acier, ₁₈₀ demanda au bout d'un moment :

«Peut-être aimeriez-vous mieux manger seule ?

– Oui... C'est-à-dire si vous n'y voyez pas d'inconvénient.

– N'aurez-vous pas besoin de mon aide un peu plus ₁₈₅ tard pour vous habiller ?

– Ciel, non ! »

Elle se cramponna frénétiquement au drap, si bien que la tasse de café pencha dangereusement, frisant la catastrophe. Claire conserva la même pose, puis se laissa aller ₁₉₀ à la renverse sur l'oreiller lorsqu'il eut disparu derrière la porte.

Elle vint tant bien que mal à bout de son déjeuner... Ce n'était qu'une machine, et si seulement cet état mécanique avait été un peu plus visible, elle aurait ressenti moins de ₁₉₅ frayeur de sa présence. Ou s'il avait changé d'expression. Mais celle-ci demeurait invariablement la même. Comment deviner ce qui se passait derrière ces yeux sombres et cette douce peau olivâtre ? La tasse vide fit un léger bruit de castagnettes lorsqu'elle la reposa sur la soucoupe, dans le ₂₀₀ plateau.

Puis elle s'aperçut qu'elle avait oublié d'ajouter à son café le sucre et la crème, et pourtant Dieu sait si elle ne pouvait pas souffrir le café noir.

Sitôt habillée, elle se rendit comme un météore de la ₂₀₅ chambre à coucher à la cuisine. C'était sa maison, après tout, et si elle n'était pas une maniaque du ménage, elle aimait à voir sa cuisine propre. Il aurait dû attendre qu'elle vînt lui donner ses ordres...

Mais lorsqu'elle pénétra dans le sanctuaire où elle procédait à l'élaboration des repas, on aurait pu croire que la fabrique venait de livrer un bloc de cuisine flambant neuf, à l'instant même.

Elle demeura immobile de saisissement[1], tourna les talons et faillit se jeter dans Tony. Elle poussa un cri.

«Puis-je vous aider? demanda-t-il.

– Tony... (Elle domina la colère qui venait de succéder à sa frayeur) il faut que vous fassiez du bruit en marchant. Je ne peux pas supporter que vous me tombiez dessus comme un fantôme... Ne vous êtes-vous servi de rien dans la cuisine?

– Mais si, madame Belmont.

– On ne le dirait pas.

– Je l'ai nettoyée après avoir préparé le déjeuner. N'est-ce pas l'habitude?»

Claire ouvrit de grands yeux. Que pouvait-elle répondre à cela?

Elle ouvrit le compartiment qui contenait les ustensiles, jeta un regard rapide et distrait sur le métal qui resplendissait à l'intérieur, puis dit avec un frémissement dans la voix :

– Très bien. Tout à fait satisfaisant!

Si, à ce moment, il se fût épanoui, si les coins de sa bouche se fussent tant soit peu relevés, elle aurait eu un

---

1. Saisissement : surprise.

élan vers lui, elle en avait l'impression. Mais c'est avec un
235 flegme[1] de lord anglais qu'il répondit :

« Je vous remercie, madame Belmont. Vous plairait-il
d'entrer dans la salle de séjour ? »

À peine eut-elle franchi le seuil de la pièce qu'elle
éprouva une nouvelle surprise :

240 « Vous avez astiqué les meubles ?

– Le travail est-il à votre convenance, madame
Belmont ?

– Mais quand avez-vous fait ce nettoyage ? Sûrement
pas hier.

245 – La nuit dernière, naturellement.

– Vous avez brûlé de la lumière toute la nuit ?

– Oh ! non. C'était tout à fait inutile. Je possède une
source de rayons ultraviolets incorporée. Et, bien entendu,
je n'ai pas besoin de sommeil. »

250 Néanmoins, il avait besoin d'admiration. Elle s'en
rendit compte à cet instant. Il lui était indispensable de
savoir s'il avait plu à sa maîtresse. Mais elle ne pouvait se
résoudre à lui donner ce plaisir.

Elle ne put que répondre aigrement[2] :

255 « Vos pareils auront tôt fait de réduire les gens de
maison au chômage.

– On pourra les occuper à des travaux autrement
importants une fois qu'ils seront libérés des corvées
domestiques. Après tout, madame Belmont, des objets tels
260 que moi peuvent être manufacturés, mais rien ne peut

---

1. *Flegme* : calme.
2. *Aigrement* : sur un ton désagréable, agressif.

égaler le génie créateur et l'éclectisme[1] d'un cerveau comme le vôtre.»

Bien que son visage demeurât impassible, sa voix était chargée de respect et d'admiration, au point que Claire
265 rougit et murmura :

«Mon cerveau ? Vous pouvez le prendre !»

Tony s'approcha quelque peu :

«Vous devez être bien malheureuse pour prononcer une telle phrase. Puis-je faire quelque chose pour vous ?»
270 Un instant, Claire fut sur le point d'éclater de rire. La situation était d'un ridicule achevé : un brosseur de tapis articulé, un laveur de vaisselle, un astiqueur de meubles, un bon à tout faire, tout frais sorti des chaînes de montage... qui venait lui offrir ses services comme consolateur
275 et confident...

Pourtant, elle s'écria soudain dans une explosion de chagrin :

«M. Belmont ne pense pas que je possède un cerveau, si vous voulez tout savoir... et sans doute n'en ai-je pas !»
280 Elle ne pouvait se laisser aller à pleurer devant lui. Il lui semblait qu'elle devait sauvegarder l'honneur de la race humaine en présence de la création qui était sortie de ses mains.

«C'est tout récent, ajouta-t-elle. Tout allait bien lorsqu'il
285 n'était encore qu'un étudiant, lorsqu'il débutait. Mais je suis incapable de jouer le rôle de la femme d'un homme important ; et il va devenir important. Il voudrait que je me fasse hôtesse et que je l'introduise dans la vie mondaine... comme... comme Gladys Claffern.»

---

1. *L'éclectisme* : la polyvalence, l'ouverture d'esprit.

290   Elle avait le nez rouge et elle détourna la tête.

Mais Tony ne la regardait pas. Ses yeux erraient à travers la pièce :

«Je peux vous aider à diriger la maison.

– Mais elle ne vaut pas un clou ! s'écria-t-elle farouche-
295 ment. Il lui faudrait un je-ne-sais-quoi que je suis incapable de lui donner. Je sais seulement la rendre confortable ; mais jamais je ne pourrai lui donner cet aspect que l'on voit aux intérieurs représentés dans les magazines de luxe.

– Est-ce le genre que vous aimeriez ?
300   – À quoi servirait-il de désirer l'impossible ? »

Les yeux de Tony s'étaient posés sur elle :

«Je pourrais vous aider.

– Connaissez-vous quelque chose à la décoration intérieure ?
305   – Cela entre-t-il dans les attributions d'une bonne ménagère ?

– Certainement.

– Dans ce cas, je peux l'apprendre. Pourriez-vous me procurer des livres sur le sujet ? »
310   C'est à cet instant que quelque chose commença.

Claire, qui se cramponnait à son chapeau pour résister aux fantaisies facétieuses que le vent prenait avec lui, avait rapporté de la bibliothèque publique deux épais traités sur l'art domestique. Elle observa Tony lorsqu'il ouvrit l'un
315 d'eux et se mit à le feuilleter. C'était la première fois qu'elle voyait ses doigts s'activer à une besogne exigeant de la délicatesse.

«Je ne comprends pas comment ils peuvent obtenir un pareil résultat», pensa-t-elle, et, poussée par une impulsion

320 subite, elle saisit la main du robot et l'attira vers elle. Tony ne résista pas et la laissa inerte, pour lui permettre de l'examiner.

«C'est remarquable, dit-elle, même vos ongles ont l'air absolument naturels.

325 – C'est voulu, bien sûr, répondit Tony. La peau est constituée par un plastique souple, et la charpente qui tient lieu de squelette est faite d'un alliage de métaux légers. Cela vous amuse?

– Pas du tout. (Elle leva son visage rougi.) J'éprouve
330 une certaine gêne à jeter un regard indiscret dans vos viscères, si je puis dire. Cela ne me concerne nullement. Vous ne me posez aucune question sur mes propres organes internes.

– Mes empreintes cérébrales[1] ne comportent pas ce
335 genre de curiosité. Je ne puis agir que dans la limite de mes possibilités.»

Claire sentit quelque chose se nouer à l'intérieur de son corps au cours du silence qui suivit. Pourquoi oubliait-elle constamment qu'il n'était qu'une simple machine? Para-
340 doxalement, c'était la machine qui venait de le lui rappeler. Était-elle à ce point frustrée de toute sympathie qu'elle en venait à considérer un robot comme son égal... parce qu'il lui témoignait de l'intérêt?

Elle remarqua que Tony continuait à feuilleter les pages
345 – vainement, aurait-on pu croire, et elle sentit monter en elle un soudain sentiment de supériorité qui lui procura un certain soulagement :

«Vous ne savez pas lire, n'est-ce pas?»

---

1. *Mes empreintes cérébrales* : mes programmes.

Tony leva la tête :

350 «Je suis en train de lire, madame Belmont», dit-il d'une voix calme, sans la moindre nuance de reproche.

Elle désigna le livre d'un geste vague :

«Mais…

– J'explore les pages, si c'est là ce que vous voulez dire.
355 Ou, si vous préférez, je les photographie en quelque sorte.»

Le soir était déjà tombé ; lorsque Claire se mit au lit, Tony avait parcouru une grande partie du second volume, assis dans l'obscurité, ou du moins ce qui paraissait être l'obscurité aux yeux imparfaits de Claire.

360 Sa dernière pensée, celle qui vint l'assaillir au moment où elle sombrait dans le néant, fut une pensée bizarre. Elle se souvint de nouveau de sa main ; du contact de sa peau, douce et tiède comme celle d'un être humain.

Quelle habileté on déployait à la fabrique, pensa-t-elle,
365 puis elle s'endormit.

Durant les jours qui suivirent, ce fut un va-et-vient continuel entre la maison et la bibliothèque municipale. Tony suggérait des champs d'étude qui se subdivisaient rapidement. Il y avait des livres sur la façon d'assortir les couleurs
370 et sur les fards ; sur la charpente et sur les modes ; sur l'art et sur l'histoire du costume.

Il tournait les feuilles de chaque page devant ses yeux solennels et lisait à mesure ; il semblait incapable d'oublier.

Avant la fin de la semaine, il lui avait demandé avec
375 insistance de couper ses cheveux, l'avait initiée à une nouvelle méthode de coiffure, lui avait suggéré de rectifier légèrement la ligne de ses sourcils et de modifier la teinte de sa poudre et de son rouge à lèvres.

Elle avait palpité une heure durant d'une terreur ner-
380 veuse sous les effleurements délicats de ses doigts inhu-
mains, puis elle s'était regardée dans le miroir.

«On peut faire bien davantage, avait dit Tony, surtout
en ce qui concerne les vêtements. Qu'en dites-vous pour
un début?»

385 Elle n'avait rien répondu; du moins pendant quelque
temps. Pas avant d'avoir assimilé l'identité de l'étrangère
qui la regardait dans son miroir et calmé l'étonnement qui
lui était venu de sa beauté. Puis elle avait dit d'une voix
étranglée, sans quitter un seul instant des yeux la réconfor-
390 tante image :

«Oui, Tony, c'est très bien... pour un début.»

Elle ne disait mot de tout cela dans ses lettres à Larry.
Qu'il ait le plaisir de la surprise! Et quelque chose lui disait
que ce n'était pas seulement la surprise qu'elle escomptait.
395 Ce serait comme une sorte de revanche.

«Il est temps de commencer à acheter, dit Tony un
matin, et je n'ai pas le droit de quitter la maison. Si je
vous fais une liste précise des articles nécessaires, puis-je
compter sur vous pour me les procurer? Nous avons
400 besoin de draperies et de tissus d'ameublement, de papiers
de tapisserie, de tapis, de peinture, de vêtements et mille
autres choses de moindre importance.

– On ne peut obtenir tous ces articles immédiatement
et sans délai, dit Claire sur un ton de doute.

405 – À peu de chose près, à condition de fouiller la ville
de fond en comble et que l'argent ne soit pas un obstacle.

– Mais, Tony, l'argent est certainement un obstacle.

– Pas du tout. Présentez-vous tout d'abord à l'U.S.
Robots. Je vous remettrai un billet. Allez voir le Dr Calvin
410 et dites-lui que ces achats font partie de l'expérience.»

Le Dr Calvin l'impressionna moins que le premier soir.
Avec son nouveau visage et son chapeau neuf, elle n'était
plus tout à fait la même Claire. La psychologue l'écouta
attentivement, posa quelques questions, hocha la tête… et
415 Claire se retrouva dans la rue, porteuse d'un crédit illimité
sur le compte de l'U.S. Robots.

L'argent peut réaliser des miracles. Avec tout le contenu
d'un magasin à sa disposition, les ukases[1] d'une vendeuse
n'étaient pas nécessairement redoutables ; les sourcils haut
420 levés d'un décorateur ne portaient pas la foudre de
Jéhovah[2].

Et à un certain moment, lorsque l'une des Autorités les
plus Imposantes, trônant dans l'un des plus chics salons
de l'établissement, eut levé un sourcil hautain sur la liste
425 des articles qui devaient composer sa garde-robe et prononcé des contestations sur un ton dédaigneux, elle appela
Tony au téléphone et tendit le récepteur à l'important
personnage.

«Si vous n'y voyez pas d'inconvénient… (La voix ferme,
430 mais les doigts un peu fébriles :) je vais vous mettre en
rapport avec mon… euh… secrétaire.»

Sa Grandeur se dirigea vers le téléphone avec le bras
solennellement recourbé dans le creux du dos. Elle saisit
le récepteur, dit délicatement : «Oui?» Une courte pause,

---

1. *Ukases* : jugements péremptoires.
2. *Jéhovah* : Dieu.

₄₃₅ un autre «oui», ensuite une pause beaucoup plus longue, un commencement d'objection qui s'éteignit promptement, une nouvelle pause, puis un «oui» très humble, et le récepteur reprit sa place sur son berceau.

«Si Madame veut bien me suivre, dit-il d'un air offensé
₄₄₀ et distant, je m'efforcerai de lui fournir ce qu'elle demande.

– Une seconde. (Claire se précipita de nouveau au téléphone, forma un numéro sur le cadran :) Allô, Tony, je ne sais pas ce que vous avez dit, mais vous avez obtenu des résultats. Merci. Vous êtes un... (Elle chercha le mot appro-
₄₄₅ prié, ne le trouva pas et termina par un petit cri de souris :)
... un... un chou!»

Lorsqu'elle reposa le récepteur, elle se trouva nez à nez avec Gladys Claffern. Une Gladys Claffern légèrement amusée et, il faut le dire, quelque peu suffoquée[1], qui la
₄₅₀ regardait, le visage légèrement tiré sur le côté.

«Madame Belmont?»

Aussitôt Claire eut l'impression qu'elle se vidait de son sang. Elle ne put que hocher stupidement la tête, comme une marionnette.

₄₅₅ Gladys sourit avec une insolence indéfinissable :

«Tiens, je ne savais pas que vous vous fournissez ici?»

On eût dit que, de ce fait, le magasin s'était définitivement déshonoré.

«Je n'y viens pas très souvent, dit Claire avec humilité.
₄₆₀ – On dirait que vous avez quelque peu modifié votre coiffure?... Elle a quelque chose de bizarre... J'espère que vous excuserez mon indiscrétion, mais j'avais l'impression que le prénom de votre mari était Lawrence? Non, je ne me trompe pas, c'est bien Lawrence.»

---

1. Suffoquée : sidérée, stupéfiée.

⁴⁶⁵ Claire serra les dents, mais il lui fallait donner des explications. Elle ne pouvait s'en dispenser :

«Tony est un ami de mon mari. Il a bien voulu me conseiller dans le choix de quelques articles.

– Je comprends. Et je donnerais ma main à couper que ⁴⁷⁰ c'est un *chou*.»

Sur ce trait elle quitta le magasin, entraînant dans son sillage la lumière et la chaleur du monde.

Claire s'avouait en toute franchise que c'est auprès de Tony qu'elle était venue chercher consolation. Dix jours ⁴⁷⁵ l'avaient guérie de cette répugnance[1] qui l'écartait invinciblement du robot. À présent elle pouvait pleurer devant lui, pleurer et donner libre cours à sa rage.

«J'ai fait figure d'imbécile totale! tempêtait-elle en soumettant son mouchoir détrempé à la torture. Elle a voulu ⁴⁸⁰ me ridiculiser. Pourquoi? Je n'en sais rien. Et comme elle a réussi! J'aurais dû lui donner des coups de pied. J'aurais dû la jeter par terre et lui danser sur le ventre!

– Est-il possible que vous puissiez haïr un être humain à ce point? demanda Tony avec douceur et perplexité. ⁴⁸⁵ Cette partie de l'âme humaine demeure pour moi incompréhensible.

– Ce n'est pas que je la déteste tellement, gémit-elle. Je m'en veux, je suppose, de ne pouvoir lui ressembler. Elle représente pour moi tout ce que je voudrais être... extérieu- ⁴⁹⁰ rement du moins... et que je ne pourrai jamais devenir.»

La voix de Tony se fit basse et convaincante dans son oreille :

---

1. *Cette répugnance* : ce dégoût.

«Vous le deviendrez, madame Belmont, vous le deviendrez. Il nous reste encore dix jours et, en dix jours, la maison peut devenir méconnaissable. N'est-ce pas ce que nous avons entrepris ?

— Et en quoi la transformation de ma maison pourra-t-elle me servir à ses yeux ?

— Invitez-la à vous rendre visite. Invitez ses amis. Organisez la réception pour la veille de... de mon départ. Ce sera une sorte de pendaison de crémaillère.

— Elle ne viendra pas.

— Au contraire, elle ne voudrait pas manquer cela pour un empire. Elle viendra pour rire à vos dépens... mais elle en sera bien incapable.

— Vous le pensez vraiment ? Oh ! Tony, vous croyez que nous réussirons ?»

Elle tenait les deux mains du robot entre les siennes... Puis, détournant son visage :

«Mais à quoi cela pourrait-il bien servir ? Ce ne sera pas mon œuvre, mais la vôtre. Je ne peux m'en adjuger le mérite !

— Nul ne peut vivre dans un splendide isolement[1], murmura Tony. Les connaissances que je possède ont été déposées en moi. Ce que vous voyez en Gladys Claffern n'est pas simplement Gladys Claffern. Elle bénéficie de tout ce que peuvent apporter l'argent et une position sociale. Elle n'en disconvient pas[2]. Pourquoi agiriez-vous autrement ?... Nous pouvons considérer ma position sous un autre jour, madame Belmont. Je suis construit pour obéir,

---

1. *Dans un splendide isolement* : dans une solitude orgueilleuse.
2. *Elle n'en disconvient pas* : elle ne le conteste pas.

mais c'est à moi qu'il revient de délimiter mon obéissance. Je puis exécuter les ordres à la lettre ou faire preuve d'une certaine initiative. Je vous sers en faisant appel à toutes les facultés de réflexion dont je dispose, car j'ai été conçu pour
525 voir les humains sous un jour qui correspond à l'image que vous me montrez. Vous êtes bienveillante, bonne, sans prétentions. Mme Claffern est apparemment tout l'opposé, et les ordres que je recevrais d'elle, je ne les exécuterais pas de la même façon. Si bien qu'en fin de compte c'est à vous
530 et non point à moi que revient tout le mérite de cette transformation. »

Il retira ses mains qu'elle tenait toujours entre ses doigts, et Claire considéra d'un air songeur l'inscrutable visage. De nouveau, elle se sentit envahie par l'effroi, mais
535 ce sentiment avait pris un aspect entièrement nouveau.

Elle eut une contraction de gorge et considéra ses doigts dont la peau fourmillait encore de l'étreinte du robot. Impression inimaginable ! Les doigts de Tony avaient pressé les siens, et avec quelle douceur, quelle tendresse,
540 juste avant de les libérer.

Non !

Ses doigts... Ses doigts...

Elle se précipita à la salle de bains et se lava les mains avec une énergie aveugle... mais vaine.

545 Le lendemain, elle éprouva un peu de gêne en se retrouvant devant lui ; elle l'épiait à la dérobée [1], attendant ce qui pourrait bien se passer... mais rien ne se produisit pendant quelque temps.

---

1. *À la dérobée* : en cachette.

Tony travaillait. S'il éprouvait quelque difficulté à coller
550 sur les murs le papier de tapisserie ou à étaler la peinture
à séchage rapide, son attitude n'en laissait rien paraître.
Ses mains se mouvaient avec précision ; ses doigts étaient
prestes et précis.

Il besognait toute la nuit durant, mais nul bruit ne venait
555 jamais frapper les oreilles de Claire et chaque matin était une
nouvelle aventure. Impossible de faire le compte des travaux
accomplis et pourtant, chaque soir, elle était confrontée avec
de nouvelles touches apportées au tableau...

Une seule fois, elle tenta de lui apporter son assistance
560 et sa maladresse tout humaine découragea sa bonne
volonté. Il s'affairait dans la chambre voisine, et elle accro-
chait un tableau au point marqué par le coup d'œil d'une
infaillibilité mathématique de Tony. Sur le mur, le trait
minuscule ; à ses pieds, le tableau ; en elle le remords de
565 son oisiveté.

Mais elle était nerveuse... ou bien l'escabeau était-il
branlant ? Elle le sentit se dérober sous elle et poussa un
cri de frayeur. L'escabeau s'écroula sans l'entraîner dans sa
chute, car Tony, avec une célérité inimaginable pour un
570 être de chair et de sang, la reçut dans ses bras.

Ses yeux calmes et sombres n'exprimaient rien et sa
voix chaleureuse ne prononça que des mots :

– Vous n'avez pas de mal, madame Belmont ?

Elle remarqua l'espace d'un instant que sa main, par un
575 réflexe instinctif, avait dû déranger la chevelure lustrée et
elle s'aperçut qu'elle était composée de fils distincts qui
étaient de fins cheveux noirs.

Et tout d'un coup, elle fut consciente de ses bras qui lui
entouraient les épaules et les jambes, au-dessus des
580 genoux... d'une étreinte ferme et tiède.

Elle se dégagea en poussant un cri qui retentit dans ses propres oreilles. Elle passa le reste de la journée dans sa chambre, et à partir de ce moment elle ne dormit plus qu'avec une chaise arc-boutée contre la poignée de la porte.

585 Elle avait lancé les invitations et, comme Tony l'avait prévu, elles furent agréées[1]. Il ne lui restait plus à présent qu'à attendre l'ultime soirée.

Elle vint en son temps. La maison était méconnaissable au point qu'elle s'y trouvait presque étrangère. Elle la par-
590 courut une dernière fois – toutes les pièces avaient changé d'aspect. Elle-même portait des vêtements qui lui eussent paru invraisemblables autrefois... mais une fois qu'on a osé, ils vous apportent confiance et fierté.

Devant le miroir, elle essaya une expression d'amuse-
595 ment condescendant et le miroir lui renvoya magistrale-
ment sa moue hautaine.

Qu'allait dire Larry ?... Chose curieuse, elle ne s'en inquiétait guère. Ce n'est pas lui qui allait apporter des jours d'activité passionnée. C'est au contraire Tony qui les
600 emporterait avec lui. Phénomène étrange entre tous ! Elle tenta de retrouver l'état d'esprit qui était le sien, trois semaines auparavant, et n'y parvint aucunement.

La pendule sonna 8 heures qui lui parurent autant de pulsations chargées d'angoisse. Elle se tourna vers Tony :
605 «Ils vont bientôt arriver, Tony. Il ne faut pas qu'ils sachent...»

Elle le considéra un moment d'un regard fixe.

---

1. *Agréées* : acceptées.

«Tony, dit-elle d'une voix à peine perceptible. Tony!
répéta-t-elle avec plus de force. *Tony!*» – et cette fois ce fut
610 presque un cri de douleur.

Mais ses bras l'enlaçaient à présent; le visage du robot
était près du sien; son étreinte s'était faite impérieuse. Elle
perçut sa voix au milieu d'un tumulte d'émotions où il lui
semblait se perdre comme au fond d'un brouillard.

615 «Claire, disait la voix, il est bien des choses que je ne
suis pas fait pour comprendre, et ce que je ressens est sans
doute de celles-là. Demain je dois partir et je ne le désire
pas. Je découvre qu'il y a plus en moi que le simple désir
de vous satisfaire. N'est-ce pas étrange?»

620 Son visage s'était rapproché; ses lèvres étaient chaudes
mais ne laissaient filtrer aucune haleine… car les machines
ne respirent pas. Elles allaient se poser sur celles de la
jeune femme.

… À ce moment, la sonnette de la porte d'entrée tinta.

625 Elle se débattit quelques instants, le souffle court;
l'instant d'après, il avait disparu et de nouveau la sonnette
se faisait entendre. Son grelottement intermittent se renou-
velait avec de plus en plus d'insistance.

Les rideaux des fenêtres de façade avaient été ouverts.
630 Or, ils étaient fermés un quart d'heure plus tôt. Elle en
était certaine.

Par conséquent, on les avait vus. *Tous* avaient dû les
voir… et ils avaient tout vu… tout!

Ils avaient fait leur entrée, en groupe, avec un tel luxe
635 d'urbanité[1]… la meute se préparant à la curée[2]… avec

---

1. *D'urbanité* : de politesse.
2. *La meute se préparant à la curée* : allusion à la fin de la chasse à
courre, quand la meute des chiens dévore une partie de l'animal chassé.

leurs yeux scrutateurs auxquels rien n'échappait. Ils avaient vu. Sinon pourquoi Gladys aurait-elle réclamé Larry de sa voix la plus désinvolte ? Et Claire, piquée au vif, d'adopter une attitude de défi que le désespoir rendait 640 encore plus arrogante.

Oui, il est absent. Il sera de retour demain, je suppose. Non, je ne me suis pas ennuyée seule. Pas le moins du monde. Au contraire, j'ai vécu des instants passionnants. Et de leur rire au nez. Pourquoi pas ? Que pourraient-ils 645 faire ? Larry comprendrait le fin mot de l'histoire, si jamais elle venait à ses oreilles. Il saurait que penser de ce qu'ils avaient cru voir.

Mais *ils* n'avaient aucune envie de rire.

Elle en lut la raison dans les yeux pleins de fureur de 650 Gladys Claffern, dans sa conversation étincelante mais qui sonnait faux, dans son désir de prendre congé de bonne heure. Et en reconduisant ses invités, elle surprit un dernier murmure anonyme et entrecoupé :

« ... jamais vu un être... d'une telle *beauté*... »

655 Elle sut alors ce qui lui avait permis de les traiter avec autant de dédaigneux détachement. Que les loups hurlent donc ! Mais qu'elles sachent, ces péronnelles[1], qu'elles pouvaient bien être plus jolies que Claire Belmont, et plus riches, et plus imposantes... mais que pas une seule d'entre 660 elles – pas une seule – n'avait un amoureux aussi beau !

Et puis elle se souvint, une fois de plus, que Tony n'était qu'une machine et elle sentit sa peau se hérisser.

« Allez-vous-en ! Laissez-moi ! » s'écria-t-elle à l'adresse de la chambre.

---

1. *Péronnelles* : femmes sottes.

665 Puis elle se jeta sur son lit. Elle ne cessa de pleurer durant toute la nuit. Le lendemain, un peu avant l'aube, alors que les rues étaient désertes, une voiture vint s'arrêter devant la maison et emporta Tony.

Lawrence Belmont passa devant le bureau du 670 Dr Calvin, et, mû par une impulsion soudaine, frappa à la porte. Il trouva la psychologue en compagnie du mathématicien Peter Bogert, mais il n'hésita pas pour autant.

«Claire m'a déclaré que l'U.S. Robots a payé tous les frais de transformation de ma maison... dit-il.

675 – Oui, dit le Dr Calvin. Nous avons assumé ces dépenses, estimant qu'elles faisaient nécessairement partie d'une expérience pleine d'enseignements. Votre nouvelle situation d'ingénieur associé vous permettra désormais d'entretenir ce train de vie, je suppose.

680 – Ce n'est pas ce qui m'inquiète. Du moment que Washington a approuvé les tests, je pense que nous pourrons nous procurer un nouveau modèle T N dès l'année prochaine.»

Il fit le geste de sortir avec hésitation, puis se ravisa avec 685 non moins d'hésitation.

«Eh bien, monsieur Belmont? demanda le Dr Calvin après un léger silence.

– Je me demande... commença Larry. Je me demande ce qui s'est réellement passé chez moi durant mon absence. 690 Elle – Claire – me semble tellement différente. Ce n'est pas seulement son apparence... bien que je sois littéralement stupéfait, je l'avoue. (Il eut un rire nerveux.) C'est *elle*! Et pourtant je ne reconnais plus ma femme... Je n'arrive pas à m'expliquer...

695 – À quoi bon chercher ? Êtes-vous déçu en quoi que ce soit des changements intervenus ?

– Au contraire. Mais cela ne laisse pas de m'effrayer un peu, voyez-vous...

– À votre place, je ne me ferais pas de soucis, monsieur
700 Belmont. Votre femme s'est fort bien tirée de l'aventure. À franchement parler, je n'attendais pas de l'expérience des enseignements aussi complets. Nous savons exactement quelles corrections il conviendra d'apporter au modèle T N, et le mérite en revient entièrement à Mme Belmont.
705 Si vous voulez le fond de ma pensée, j'estime que vous êtes davantage redevable de votre avancement à votre femme qu'à vos propres mérites[1]. »

Cette déclaration sans fard fit tiquer visiblement Larry.

« Du moment que cela ne sort pas de la famille... »,
710 conclut-il de façon peu convaincante avant de prendre congé.

Susan Calvin regarda la porte se fermer :

« Je crois que ma franchise n'a pas été tellement de son goût... Avez-vous lu le rapport de Tony, Peter ?
715 – Avec la plus grande attention, dit Bogert. Ne pensez-vous pas qu'il serait nécessaire d'apporter quelques modifications au modèle T N-3 ?

– Vous croyez ? demanda vivement Susan Calvin. Et sur quoi fondez-vous votre raisonnement ? »
720 Bogert fronça les sourcils :

---

1. *Vous êtes davantage redevable de votre avancement à votre femme qu'à vos propres mérites* : vous devez votre promotion à votre femme plus qu'à vos compétences.

«Aucun raisonnement n'est nécessaire pour aboutir à cette conclusion. Il est évident que nous ne pouvons lâcher dans la nature un robot qui fasse la cour à[1] sa maîtresse, si vous voulez bien excuser le jeu de mots.

725 – Juste ciel, Peter, vous me décevez. Alors, vraiment, vous ne comprenez pas ? Ce robot se devait d'obéir à la Première Loi. Claire Belmont courait le danger d'être gravement affectée du fait de ses propres insuffisances, ce qu'il ne pouvait permettre. C'est pourquoi il lui a fait la cour.

730 Quelle femme, en effet, ne s'enorgueillirait[2] d'avoir éveillé la passion chez une machine – chez une froide machine sans âme ? C'est pourquoi il a délibérément ouvert les rideaux ce soir-là, afin que les autres puissent la voir dans sa scène d'amour et en concevoir de la jalousie... sans pour

735 cela compromettre en rien le ménage de Claire. Je pense que Tony s'est conduit fort intelligemment...

– Vraiment ? Le fait qu'il s'est agi d'un simulacre[3] change-t-il quelque chose à l'affaire ? N'a-t-elle pas subi une affreuse déception ? Relisez le rapport. Elle l'a évité.

740 Elle a crié lorsqu'il l'a prise dans ses bras. Elle n'a pas fermé l'œil de la nuit suivante... en proie à une crise de nerfs. Cela, nous ne pouvons l'admettre.

– Peter, vous êtes aveugle. Vous êtes aussi aveugle que je l'ai été. Le modèle T N sera entièrement reconstruit,

745 mais pas pour cette raison. Bien au contraire, bien au contraire. Il est curieux que cette particularité m'ait échappé au début... (Ses yeux avaient pris une expression profondément songeuse :) Mais peut-être n'est-ce qu'en

---

1. *Fasse la cour à* : séduise.
2. *Ne s'enorgueillirait* : ne se flatterait pas, ne se réjouirait pas.
3. *Un simulacre* : une simulation, une comédie.

raison de mes propres déficiences. Voyez-vous, Peter, les
750 machines ne peuvent tomber amoureuses, mais les femmes
en sont fort capables – même lorsque leur amour est sans
espoir et l'objet de leur flamme horrifiant[1] ! »

Un défilé de robots,
trad. Pierre Billon, révisée par Pierre-Paul Durastanti,
© Éditions J'ai Lu, 2012.

---

1. *Horrifiant* : effrayant.

L'Ami qu'il te faut

Johan Heliot
(2013)

« Celui-là est mignon comme tout, fit la mère d'Eddy en pointant l'index sur l'occupant de la cage située au bout de la rangée. Il a une bonne bouille, non ? Qu'en penses-tu, mon chéri ?

5 – Bof, répondit Eddy. Je sais pas trop. Il est un peu gras-souillet...

– C'est vrai qu'il se porte bien, reconnut sa mère. Il doit manger comme quatre, un véritable glouton ! »

Un vendeur traînait à portée d'oreille. Il saisit l'occa-
10 sion pour faire son numéro :

« Nos articles sont en parfaite santé, ils manquent juste d'exercice. »

Il se pencha sur Eddy pour ajouter, avec un sourire forcé qui dévoilait une denture trop parfaite pour être naturelle :

15 « Dès qu'il aura l'occasion de courir dans ton jardin, fiston, je te garantis qu'il retrouvera la ligne. Vous deviendrez vite inséparables, tous les deux. C'est vraiment l'ami qu'il te faut. »

Eddy était presque convaincu.

20 « Et il m'obéira ? demanda-t-il.

– Au doigt et à l'œil, fiston. Satisfait ou remboursé !

– Alors, mon chéri, ajouta la mère d'Eddy, tu le veux, oui ou non, ce nouvel ami ? »

*

Pendant que sa mère réglait l'achat, Eddy admirait son
25 cadeau d'anniversaire, emballé dans une boîte de plastique
transparent percée de petits trous pour laisser passer l'air.

Son nouvel ami affichait un sourire béat. Avec sa
tunique blanche, ses boucles blondes et ses joues potelées[1], on aurait dit un chérubin[2] tout droit tombé du ciel.
30 En revanche, nulle lueur d'intelligence ne brillait dans le
fond de ses yeux. Il avait le regard vide, terne – en un
mot : éteint.

Eddy craignit de s'être fait refiler un parfait idiot, mais
le vendeur le rassura quand il lui remit la télécommande :
35 «Pour d'évidentes raisons de sécurité et de tranquillité,
dit-il, nos articles sont réglés en mode "économie" tant
qu'ils restent exposés en magasin. Mais dès que tu auras
franchi nos portes, tu pourras modifier le réglage. C'est
très simple, il suffit de sélectionner un des trois modes pro-
40 grammés : éco, actif intérieur et actif extérieur. Tu peux
même varier l'intensité grâce au bouton +/–. Un véritable
jeu d'enfant. Amuse-toi bien!»

Eddy le remercia, puis accompagna les employés qui
chargèrent le colis dans le coffre du monospace familial.
45 «Comment vas-tu l'appeler? demanda sa mère, une fois
au volant.

– Je ne sais pas encore, avoua Eddy. Fido, peut-être. Ou
alors Max. Je dois absolument lui donner un nom?»

Il avait réclamé qu'on lui achète cet ami autant par
50 curiosité que pour rendre jaloux les élèves de sa classe,
dont les parents étaient trop pauvres pour leur offrir un

---

1. *Potelées* : rebondies, rondes.
2. *Chérubin* : petit ange.

jouet pareil. Eddy ne s'était pas rendu compte qu'il lui faudrait le baptiser.

«Il vaut mieux, d'après le vendeur. Ton ami obéira plus
55 facilement s'il connaît son nom. Il apprendra aussi à reconnaître ta voix, celle de son maître.»

La voix de son maître! Voilà qui plaisait à Eddy. Finalement, il allait bien s'amuser avec son cadeau.

«Mais attention, le prévint sa mère, tu devras t'en occu-
60 per. Assumer tes responsabilités, tu comprends ? Le nourrir et veiller à ce qu'il demeure propre.

– Oui, m'man», promit Eddy au moment où la voiture s'engageait sur l'avenue De Gaulle.

De vagues souvenirs de cours d'histoire affleurèrent
65 l'esprit du garçon.

«Je sais comment l'appeler», annonça-t-il en se retournant vers le compartiment arrière pour contempler son acquisition.

Le sourire de l'angelot n'avait pas varié d'un iota. Son
70 regard fixe croisait celui de son petit maître, sans ciller, quand ce dernier reprit :

«Salut, Charly!»

*

Arrivé à la maison, Eddy n'eut pas la patience d'attendre le retour de son père pour qu'il l'aide à déchar-
75 ger son jouet. Il sélectionna le mode «actif extérieur» et ordonna à Charly de sortir de sa caisse de transport par ses propres moyens.

Celui-ci s'exécuta avec des gestes gauches. Il était tellement comique! On aurait dit un chiot effectuant ses pre-
80 miers pas dans le vaste monde. C'était d'ailleurs le cas, si

l'on considérait qu'il n'avait connu jusqu'à présent que les rayons du magasin et le laboratoire où il était né.

«Suis-moi, intima Eddy. On va jouer au jardin.

– Ne vous salissez pas avant de passer à table», avertit sa mère.

En voyant s'éloigner son fils et son nouvel ami, elle ne put retenir une larme. Eddy semblait si heureux de n'être plus seul…

Elle avait vraiment bien fait de lui offrir Charly, malgré les réticences de son mari. Un garçon de douze ans ne devait pas demeurer solitaire. D'ailleurs, le médecin scolaire était du même avis. C'est lui qui avait conseillé d'offrir un ami-jouet à Eddy pour l'habituer à la fréquentation d'autres enfants, après avoir remarqué qu'il s'isolait pendant les activités de groupe, au collège ; les camarades d'Eddy ne semblaient guère l'apprécier, ils ne cherchaient pas à établir le contact avec lui. Un ami-jouet comblerait ce déficit[1] de communication et constituerait une excellente thérapie, avait jugé l'homme de l'art.

Hé bien, songea la mère d'Eddy en percevant depuis la cuisine les cris de joie de son rejeton, voilà qui donnait raison au toubib !

*

«C'est tout ce qu'il leur restait ? demanda le père d'Eddy en toisant Charly. Il a l'air bizarre, non ?

– Il a déjà mangé sa gamelle, expliqua Eddy, alors je l'ai mis en mode éco.

---

1. *Déficit* : voir note 1, p. 79.

– C'est quoi, ces marques sur sa joue et son front ?

– Oh, ça ? On a fait les fous, dehors, tout à l'heure… Je suis si content d'avoir Charly, p'pa !

110 – Et nous aussi, n'est-ce pas, mon amour ? fit la mère d'Eddy en déposant le rôti au milieu de la table.

– Ouais, admit son mari du bout des lèvres. J'espère au moins qu'il a une bonne garantie. »

La mère d'Eddy fronça les sourcils et se hâta de changer 115 de conversation.

« Si tu nous racontais ta journée au bureau ? Tu as toujours des anecdotes amusantes… »

*

Avant de se coucher, ce soir-là, Eddy prit soin d'établir un règlement précis, afin que les choses soient les plus 120 claires possible.

« Écoute attentivement, dit-il. Tu n'as pas le droit de grimper dans mon lit. Et je ne veux pas que tu fasses du bruit pendant que je dors. Tu peux t'allonger sur cette couverture, là, par terre. Compris ? »

125 Charly entrouvrit la bouche mais se contenta d'acquiescer en hochant la tête. Eddy avait en effet activé le mode « silencieux » sur la télécommande, pour éviter toute contestation – et empêcher que de nouveaux cris alertent ses parents, dont la chambre se trouvait au bout du couloir.

130 Tout à l'heure, dans le jardin, il avait bien cru que sa mère allait débarquer, furax, quand cet imbécile de Charly s'était mis à piailler [1].

_____

1. *Piailler* : pousser de petits cris.

La machine à explorer le temps

La machine à explorer le temps, qui figure dans la nouvelle « Un coup de tonnerre » de Ray Bradbury (p. 135), est un élément classique de la science-fiction. On la retrouve dans de nombreuses œuvres littéraires ou cinématographiques passées à la postérité.

▶ *La Machine à explorer le temps*, George Pal (1960).
Le premier auteur qui conçoit une machine pour voyager dans le temps est H.G. Wells. Dans son roman paru en 1895, le héros voyage dans l'avenir et atteint l'an 802 701. On voit ici la représentation de sa machine telle qu'elle apparaît dans l'adaptation cinématographique de George Pal.

▼ Le docteur Emmett Brown (Christopher Lloyd) et Marty McFly (Michael J. Fox) dans *Retour vers le futur*, de Robert Zemeckis (1985).
Le voyage dans le temps est également le sujet de la trilogie *Retour vers le futur* (1985-1990). Les personnages peuvent voyager vers le passé et l'avenir mais aussi modifier le cours des événements. Cette fois, la machine prend la forme d'une voiture (le modèle DeLorean avec ses célèbres portes papillon), tandis que le « Doc » (Christopher Lloyd) adopte les traits du savant fou.

Les métamorphoses du savant fou*

La figure du savant fou émerge au XIXᵉ siècle, alors que les sciences et les techniques connaissent un développement sans précédent. Si le progrès semble alors infini, le personnage du savant cristallise l'angoisse suscitée par cette accélération brutale.

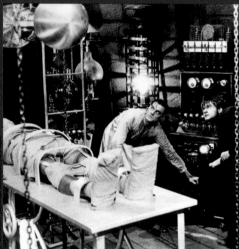

Le docteur Frankenstein (Colin Clive) et son assistant Fritz (Dwight Frye) dans *Frankenstein*, de James Whale (1931).
La première figure du savant fou est en général identifiée au docteur Frankenstein. Inventé par Mary Shelley dans *Frankenstein ou le Prométhée moderne* (1818), ce personnage a beaucoup évolué sous l'influence du cinéma. Dans cette adaptation de 1931, l'accent est mis sur l'électricité, une invention récente à l'époque, que le docteur utilise pour animer sa créature. Le réalisateur introduit par ailleurs un personnage absent du roman, Fritz, l'acolyte du docteur.

Marlon Brando dans le rôle du docteur Moreau dans *L'Île du docteur Moreau*, de John Frankenheimer (1996). Un autre savant fou célèbre est le personnage principal du roman *L'Île du docteur Moreau* (1896) de H.G. Wells. Si le docteur Frankenstein outrepasse la frontière entre la vie et la mort, le docteur Moreau franchit celle qui sépare l'homme de l'animal. L'acteur Marlon Brando porte ici un maquillage et un costume qui soulignent sa folie et son étrangeté.

*Voir Dossier, p. 163-171.

▲ Robert Downey Jr. incarne Tony Stark dans *Iron Man*, de Jon Favreau (2008).

Tony Stark est un personnage de l'univers Marvel qui illustre bien comment la figure du savant fou a évolué jusqu'à nos jours. Dans le premier film de la série, il est d'abord présenté comme un inventeur qui met son talent au service de la construction d'armes, sans le moindre scrupule. Le savant fou moderne n'est plus présenté en reclus, comme ses prédécesseurs, mais comme un chef d'industrie parfaitement inséré dans la société capitaliste.

▲ Extrait du film *Avengers*, de Joss Whedon (2012).

Paradoxalement, Tony Stark retrouve son humanité en devenant un cyborg. Blessé, il porte en permanence un réacteur miniaturisé dans la poitrine qui empêche des fragments de métal de migrer vers son cœur. À la suite de cette rédemption, il se définit désormais, dans le sixième film de l'univers cinématographique Marvel, comme « un génie, playboy, philanthrope, milliardaire ».

Formes de l'humain

La science-fiction recourt à des avatars qui reflètent les nombreuses facettes de l'être humain tout en posant la question de sa définition et de ses limites. D'une certaine manière, les robots et les cyborgs ont dans la science-fiction des fonctions similaires aux vampires et aux spectres de la littérature fantastique : créatures étranges et monstrueuses, elles effraient autant qu'elles fascinent. Leurs similitudes avec les hommes questionnent notre nature.

▲ Gally, héroïne de *Gunnm*, de Yukito Kishiro (1990-1995).
Dans le manga *cyberpunk* Gunnm, l'humanité survit tant bien que mal après qu'une météorite a heurté la Terre. Dans ce monde dystopique, Gally, une cyborg, est à la recherche de son humanité. La perte d'identité dont elle fait l'expérience est liée à la transformation de son corps ainsi qu'à la modification de son esprit, puisqu'elle a également perdu la mémoire.

▲ L'actrice Tricia Helfer incarne le robot Numéro six dans *Battlestar Galactica*, de Ronald D. Moore (2004-2009).
La série télévisée *Battlestar Galactica* développe le thème du robot. Les Cylons, robots humanoïdes qui ont disparu depuis quarante ans, reviennent ravager les colonies humaines, mettant en fuite les rares survivants, à la recherche de la mythique Terre. Numéro six, la Cylon blonde, est en tous points semblable à une femme.
La tension de la série repose principalement sur la recherche de Cylons infiltrés parmi les équipages humains, certains ignorant leur nature robotique.

◀ Arnold Schwarzenegger dans *Terminator 2 : Le Jugement dernier*, de James Cameron (1991). Arnold Schwarzenegger incarne un robot qui voyage dans le passé pour assassiner la mère du héros de la résistance contre les machines. Doté d'un squelette métallique, le Terminator ne peut voyager dans le temps que s'il est muni d'une peau humaine. La frontière entre robot et cyborg est donc ici très poreuse.

◀ L'officier de police Alex Murphy (Peter Weller) devient le robot-policier du futur dans *RoboCop*, de Paul Verhoeven (1987). À l'inverse de Terminator, le héros de *RoboCop* est un policier qui, assassiné par des criminels, est ressuscité sous la forme d'un robot-policier. Son corps a été presque entièrement remplacé par des circuits électroniques. Quant aux trois directives qu'il répète (Servir le public ; Protéger l'innocent ; Faire respecter la loi), elles rappellent les Lois de la Robotique d'Isaac Asimov (voir p. 28).

Représentations
de la société de contrôle

Les romans, puis les films de science-fiction, n'ont eu de cesse de montrer les dérives possibles des rêves de progrès scientifique, reflétant les peurs de notre société. Dans ces histoires, la technique permet d'exercer un contrôle accru, voire absolu, sur les citoyens.

▲ Emmanuel Goldstein (John Boswall) dans *1984*, de Michael Radford (1984).
Dans cette adaptation du roman de George Orwell, le pouvoir du dictateur
s'appuie notamment sur les images, transmises par le « télécran »
que chacun doit avoir chez soi : cet appareil fonctionne comme une télévision
mais peut aussi filmer le spectateur et le réprimander à l'occasion.

◄ Tom Cruise incarne un enquêteur dans *Minority Report*, de Steven Spielberg (2002). Dans la nouvelle de Philip K. Dick *Minority Report*, adaptée au cinéma sous le même titre, la ville de Washington a réussi à faire disparaître la criminalité avec l'aide d'individus capables de voir l'avenir, les Precogs. Grâce à leurs visions, les suspects sont arrêtés avant même d'avoir commis leur crime, entravant leur liberté individuelle au nom de la sécurité collective.

◄ Les deux clones Jordan Two Delta (Scarlett Johansson) et Lincoln Six Echo (Ewan McGregor) dans *The Island*, de Michael Bay (2005).

Selon le philosophe Michel Foucault (1926-1984), le « biopouvoir » correspond au pouvoir exercé par les institutions sur la vie afin de mieux contrôler la population. On retrouve cette idée dans *The Island* où les acteurs Scarlett Johansson et Ewan McGregor interprètent des clones de personnalités pour lesquelles ils forment des banques d'organes vivantes. Pour qu'ils demeurent en bonne santé, ils sont confinés dans un espace aseptisé, caractérisé par la blancheur et la propreté. L'humanité des clones est donc niée.

Quelle chochotte, aussi ! Il n'avait pourtant pas l'air fra-
gile, avec ses bourrelets. Eddy avait naturellement souhaité
135 tester ses capacités de résistance. Rien de plus normal avec
un nouveau jouet. Pour cela, il avait d'abord utilisé une
branche morte, puis, quand cette dernière s'était rompue,
le manche d'une bêche trouvée dans la cabane à outils.
Les hurlements de Charly l'avaient empêché de poursuivre
140 ses expériences.

Mais ce n'était que partie remise. Ils auraient tout le
temps de s'amuser demain après les cours et avant que les
parents d'Eddy ne reviennent du travail. Ils seraient seuls,
tous les deux, sans aucun adulte pour imposer sa loi.

*

145 Chaque minute semblait durer une heure. Le blabla des
profs rentrait par une oreille d'Eddy pour aussitôt ressortir
par l'autre. Jamais une journée de cours ne lui avait paru
aussi mortelle. Cela faisait longtemps qu'il n'avait pas été
si excité à l'idée de regagner ses pénates [1]. À tel point qu'il
150 n'avait même pas remarqué l'absence de ce crétin d'Arthur,
pourtant un des pires cancres de la classe, qui en comptait
un certain nombre – l'incluant, lui, Eddy.

Il y prit seulement garde quand M. Ravier, le prof d'his-
toire-géo, leur lut un communiqué de la direction du col-
155 lège, l'air embarrassé :

« Arthur a quitté notre classe. Ses résultats aux derniers
examens sont passés en dessous de la note minimum
requise pour la poursuite d'études dans notre établissement. Conformément aux nouvelles directives du ministère

---

1. **Ses pénates** : sa maison.

160 de l'Éducation et de la Famille, Arthur a été soustrait à
l'autorité parentale pour rejoindre le programme de réhabilitation sociale du gouvernement. Bien, à présent, repre-
nons le cours. Qui peut me dire le nom du chancelier
allemand à l'origine de la Seconde Guerre mondiale?
165 Allez, un petit effort! Je vous donne un indice : ça commence par un H... Hi... Hit?»

Eddy se désintéressa aussitôt de ce que racontait Ravier
– franchement, à quoi bon se farcir le crâne avec toutes
ces vieilleries?

170 Il scruta la place laissée vacante par Arthur, près du
radiateur, au fond de la salle.

Bon débarras!

Arthur n'était pas le premier à dégager en cours
d'année, comme en témoignaient les chaises vides disper-
175 sées çà et là.

C'était vraiment un collège de nazes, songea Eddy avec
dédain. Il avait eu raison de se tenir à l'écart, d'ignorer les
marques de sympathies des uns et des autres. On lui fichait
une paix royale, et tant pis s'il passait pour le gars un peu
180 tordu de la classe.

Bien sûr, la solitude lui pesait parfois. Dans ces
moments-là, il perdait facilement le contrôle et avait besoin
de se défouler sur quelque chose.

Il avait Charly, à présent, pour cela.

185 Vivement la fin des cours!

*

«Tu vas pouvoir gueuler autant que tu veux, personne
ne t'entendra, prévint Eddy. M'man et p'pa ne seront pas

à la maison avant au moins deux heures. On a tout le temps de s'amuser, toi et moi. »

190   Charly opina, un sourire figé aux lèvres.

« J'ai envie de m'amuser avec toi », assura-t-il d'un ton neutre.

Eddy savait qu'il ne faisait qu'obéir aux instructions de sa programmation. Comme tous les amis-jouets, il était
195 conçu pour se montrer dévoué et accepter les caprices de son petit maître. La notice précisait même qu'il était doué de vertus thérapeutiques, agréées[1] par une flopée[2] de ministères, de la Santé jusqu'à l'Éducation et la Famille.

Puisque tout était légal, Eddy n'allait pas bouder son
200 plaisir.

« Je suis passé par l'atelier de p'pa, dit-il en déposant la lourde boîte à outils à ses pieds. Voyons un peu ce qu'il y a là-dedans. »

Une perle de sueur dévala la tempe de Charly quand il
205 découvrit la grosse tenaille et le marteau de charpentier sélectionnés par Eddy.

« C'est vraiment bien imité, s'émerveilla ce dernier. On dirait que tu as les chocottes pour de bon. Surtout, ne bouge pas ! Je suis curieux de voir ce que tu caches dans
210 cette caboche… »

*

« Je crois que j'ai fait une bêtise, p'pa, avoua Eddy, penaud, ce soir-là, alors que la petite famille venait de passer à table.

---

1. *Agréées* : reconnues.
2. *Une flopée* : un grand nombre.

– Quoi, encore? soupira son père. Où est passé
215 Charly, d'abord?

– Ben, justement… Je crois qu'il est cassé.

– Cassé? Comment ça?

– J'ai trouvé ce machin dans sa tête.»

Eddy déposa la puce électronique sur la table. Il avait
220 pris soin de l'essuyer et de la débarrasser de la moindre
goutte de sang.

«Tu savais que Charly était fait comme nous à l'intérieur? reprit-il, sincèrement étonné. J'ai vérifié dans mon
bouquin d'anatomie. C'est tout pareil! Sauf ce bidule.

225 – Oh mon Dieu! s'exclama alors la mère d'Eddy, plongeant la tête entre ses paumes.»

Ignorant les geignements de son épouse, le père d'Eddy
coula un drôle de regard sur son fils, où se lisait autant la
peur que la pitié.

230 «Ils doivent déjà être au courant, lui dit-il. Je suis navré,
mais je ne pourrai pas les empêcher de t'emmener, *cette fois*.»

Il avait à peine fini de parler qu'une première sirène fit
entendre son hurlement glaçant, au coin de la rue. Une
deuxième se joignit au concert, et, une poignée de
235 secondes plus tard, la porte d'entrée vola en éclats.

Trois costauds en uniforme se précipitèrent dans la salle
à manger, armes aux poings, tandis que d'autres fouillaient
la maison. Ils ne furent pas longs à découvrir Charly, ou
plutôt ce qu'il en restait, dans le placard où Eddy avait
240 dissimulé sa carcasse inanimée.

Au terme d'une brève discussion avec ses parents, les
hommes en uniforme attrapèrent Eddy par les épaules et
l'immobilisèrent sur sa chaise. L'un d'eux brandit un pistolet à seringue et l'approcha du cou du garçon.

245 «C'est le moment de faire tes adieux à ta famille»,
glissa-t-il à l'oreille d'Eddy.

Puis il appuya sur la queue de détente. Le pistolet émit
un SCHLOP à peine audible. Un liquide glacé se répandit
dans les veines d'Eddy, qui se mit à cligner des paupières.

250 Avant de sombrer, il eut encore le temps d'apercevoir
son père, occupé à consoler sa mère, et de l'entendre prononcer ces mots :

«Arrangez-vous pour qu'il ne puisse plus recommencer, jamais!»

*

255 Une odeur répugnante régnait dans la pièce sombre où
Eddy avait repris conscience. Il rampa sur un lit de copeaux
et de paille souillée, en proie à une indicible angoisse.

Où l'avait-on emmené? Pourquoi le retenait-on prison-
nier? S'il avait commis un délit en détruisant l'ami-jouet,

260 alors qu'on le juge et qu'on lui fasse payer une amende,
ou bien qu'on le condamne à des travaux d'intérêt général,
mais pas ça…

À force de tâtonner, sa main frôla quelque chose de
tiède et mou, qui se mit à bouger.

265 Eddy laissa échapper un cri.

«Ferme-la, souffla alors une petite voix. Si tu gueules,
ils ne nous donneront plus rien à manger. Et la bouffe est
ce qu'il y a de plus sympa, ici. On se gave tellement
qu'on engraisse.»

270 Cette voix… Eddy était certain de l'avoir déjà entendue.
Il dut fournir un terrible effort de concentration pour se
rappeler où et quand.

«Arthur ? C'est toi ?

– Ouais. Comment as-tu deviné ? Oh, minute, ça me
revient. Tu es ce barjot du bahut ! Édouard ou Edmond…

– Eddy, corrigea celui-ci en réprimant un sanglot. Pourquoi je suis ici, Arthur ?

– Tu as dû déconner au collège, comme moi. Ou alors
faire un truc plus dingue que d'habitude. En tout cas, ils
t'avaient dans le collimateur.

– Qui ?

– Le ministre de l'Éducation et de la Famille, les profs,
le toubib scolaire, peut-être même tes parents. Avec ces
nouvelles lois, ils sont tous de mèche !

– Que… Que va-t-il nous arriver ?

– Je n'en ai pas la moindre idée, mais je sais déjà qu'on
ne va pas aimer du tout.»

*

Arthur ne se trompait pas. Des hommes en uniforme
vinrent le chercher quelques jours plus tard – difficile de
savoir combien, au juste. Eddy ne le revit plus jamais. Il
savait que son tour viendrait bientôt. En désespoir de
cause, il se soumit au gavage imposé par ses geôliers. La
nourriture était vraiment bonne, et riche. Faute d'exercice,
Eddy ne tarda pas à prendre du poids. Il était bien enrobé
quand les hommes en uniforme l'arrachèrent à sa cellule.

On le traîna à travers des couloirs immaculés, éclairés
au néon. Puis on le fit pénétrer dans une vaste salle qui
sentait l'alcool et les produits pharmaceutiques. Enfin, on
l'installa dans une espèce de fauteuil de dentiste et on lui
attacha chevilles et poignets.

Un médecin apparut et Eddy reconnut le toubib du collège, celui-là même qui avait conseillé à ses parents l'achat d'un ami-jouet.

«Ah, Eddy, soupira-t-il, je suis désolé de te voir ici. Je
305 pensais vraiment que tu parviendrais à réfréner tes pulsions sanguinaires. Mais ton cas me semble désespéré.»

Il ouvrit un dossier débordant de paperasse, le consulta brièvement en secouant la tête.

«Tss tss. Attitude antisociale constatée dès la crèche,
310 crises de rage en maternelle, propension à la violence en primaire... On peut dire que tes parents en ont bavé avec toi. Je comprends leur décision de te confier à notre programme de réhabilitation.

– Quel programme? s'alarma Eddy.
315 – Celui que nous avons mis au point pour les cas extrêmes, comme le tien.»

Tout en parlant, le médecin extirpa d'un tiroir une mince plaquette couverte de circuits imprimés d'une incroyable complexité, pareille à un bijou précieux. Eddy
320 avait déjà vu ce genre de puce électronique.

Sous la boîte crânienne de Charly.

Une grimace de pure terreur déforma ses traits admirablement potelés quand le toubib s'empara d'un laser de chirurgie.

325 «Je vois que tu sais ce qui t'attend, mon garçon. Rassure-toi, ça ne fait pas mal. Enfin, un peu au début, mais par la suite tu ne sentiras plus rien. La puce inhibitrice va prendre le contrôle de tes émotions. Tu ne représenteras plus aucun danger, ni pour toi-même, ni pour personne.
330 Et avec ta nouvelle apparence, tu ne pourras qu'inspirer de bons sentiments à ton futur propriétaire.»

Le médecin ajouta, après une brève hésitation :
«À moins qu'il ait un dossier aussi lourd que le tien, bien sûr !»

*

335 «Quelles bonnes joues ! Comme il est trognon ! C'est lui que je veux, maman.»

La fillette observait l'ami-jouet accroupi derrière les barreaux de sa cage en trépignant de joie.

Un vendeur, identifiable au badge épinglé au revers de 340 sa veste, fit alors son apparition.

«Excellent choix, jeune demoiselle. Cet article te donnera entière satisfaction, j'en suis persuadé. Il sort tout juste de nos ateliers et bénéficie de la certification gouvernementale. Il sera un parfait compagnon de jeu, tout à fait 345 l'ami qu'il te faut !»

Tu veux savoir ?
© Éditions Thierry Magnier, 2013.

III. Défier
l'espace-temps

Un coup de tonnerre

Ray Bradbury
(1952)

L'écriteau sur le mur semblait bouger comme si Eckels le voyait à travers une nappe mouvante[1] d'eau chaude. Son regard devint fixe, ses paupières se mirent à clignoter et l'écriteau s'inscrivit en lettres de feu sur leur écran
5 obscur :

> Soc[2]. La chasse à travers les âges.
> Partie de chasse dans le Passé.
> Nous vous transportons
> Vous le tuez.

10 Un jet de phlegme[3] chaud s'amassait dans la gorge d'Eckels ; il se racla la gorge et le cracha. Les muscles autour de sa bouche se crispèrent en un sourire pendant qu'il levait lentement la main et qu'au bout de ses doigts voletait[4] un chèque de dix mille dollars qu'il tendit à
15 l'homme assis derrière le guichet.

« Garantissez-vous qu'on en revienne vivant ?

– Nous ne garantissons rien, répondit l'employé, sauf les dinosaures. (Il se retourna.) Voici Mr Travis, votre guide dans le Passé. Il vous dira sur quoi et quand il faut tirer.
20 S'il vous dit de ne pas tirer, il ne faut pas tirer. Si vous enfreignez[5] les instructions, il y a une pénalité de dix mille

---

1. **Une nappe mouvante** : ici, un rideau mobile.
2. **Soc** : abréviation de « société ».
3. **Un jet de phlegme** : un crachat.
4. **Voletait** : voltigeait.
5. **Enfreignez** : ne respectez pas.

dollars, à payer ferme. Peut-être aussi des poursuites gouvernementales à votre retour.

Eckels jeta un regard à l'autre bout de la grande pièce
25 sur l'amas de boîtes et de fils d'acier bourdonnants, enchevêtrés comme des serpents, sur ce foyer de lumière qui lançait des éclairs, tantôt orange, tantôt argentés, tantôt bleus. On entendait un crépitement pareil à un feu de joie brûlant le Temps lui-même, les années, le parchemin des calen
30 driers, les heures empilées et jetées au feu.

Le simple contact d'une main aurait suffi pour que ce feu, en un clin d'œil, fasse un fameux retour sur lui-même. Eckels se rappela le topo de la notice qu'on lui avait envoyée au reçu de sa lettre. Hors de l'ombre et des
35 cendres, de la poussière et de la houille[1], pareilles à des salamandres[2] dorées, les années anciennes, les années de jeunesse devaient rejaillir ; des roses embaumer l'air à nouveau, les cheveux blancs redevenir d'un noir de jais, les rides s'effacer, tous et tout retourner à l'origine, fuir la
40 mort à reculons, se précipiter vers leur commencement ; les soleils se lever à l'ouest et courir vers de glorieux couchants à l'est, des lunes croître et décroître contrairement à leurs habitudes, toutes les choses s'emboîter l'une dans l'autre comme des coffrets chinois[3], les lapins rentrer dans les
45 chapeaux, tous et tout revenir en arrière, du néant qui suit la mort passer au moment même de la mort, puis à l'instant qui l'a précédée, retourner à la vie, vers le temps d'avant les commencements. Un geste de la main pouvait le faire, le moindre attouchement.

---

1. *De la houille* : du charbon.
2. *Salamandres* : petits amphibiens noirs tachetés de jaune.
3. *Comme des coffrets chinois* : comme des poupées russes.

50 «Enfer et damnation, soupira Eckels, son mince visage
éclairé par l'éclat de la Machine. Une vraie Machine à
explorer le Temps ! (Il secoua la tête.) Mais j'y pense ! Si
hier les élections avaient mal tourné, je devrais être ici
actuellement en train de fuir les résultats. Dieu soit loué,
55 Keith a vaincu. Ce sera un fameux président des États-
Unis.

– Oui, approuva l'homme derrière le guichet. Nous
l'avons échappé belle. Si Deutcher avait vaincu, nous
aurions la pire des dictatures. Il est l'ennemi de tout ; mili-
60 tariste, antéchrist[1], hostile à tout ce qui est humain ou
intellectuel. Des tas de gens sont venus nous voir, ici, pour
rire soi-disant, mais c'était sérieux dans le fond. Ils disaient
que si Deutcher devenait président, ils aimeraient mieux
aller vivre en 1492[2]. Évidemment, ce n'est pas notre
65 métier de faire des caravanes de sauvetage, mais bien de
préparer des parties de chasse. De toute façon, nous avons
à présent Keith comme président. Tout ce dont vous avez
à vous préoccuper aujourd'hui est de…

– Chasser mon dinosaure, conclut Eckels à sa place.

70 – Un *Tyrannosaurus rex*. Le Lézard du Tonnerre[3], le
plus terrible monstre de l'histoire. Signez ce papier. Quoi
qu'il arrive, nous ne sommes pas responsables. Ces dinosaures sont affamés.»

Eckels se fâcha tout rouge.

75 «Vous essayez de me faire peur !

– Franchement, oui. Nous ne voulons pas de gars en
proie à la panique dès le premier coup de fusil. Six guides

---

1. *Antéchrist* : ennemi du Christ dans les religions chrétienne et musulmane.
2. *1492* : année de la découverte de l'Amérique par Christophe Colomb.
3. En réalité, le terme ***Tyrannosaurus rex*** peut se traduire par le «le roi
lézard tyran».

ont été tués l'année dernière et une douzaine de chasseurs.
Nous sommes ici pour vous fournir l'émotion la plus forte
80 qu'ait jamais demandée un vrai chasseur, pour vous emmе-
ner soixante millions[1] d'années en arrière, pour vous offrir
la plus extraordinaire partie de chasse de tous les temps !
Votre chèque est encore là. Déchirez-le. »

Mr Eckels regarda longuement le chèque. Ses doigts se
85 crispèrent.

« Bonne chance, dit l'homme derrière son guichet.
Mr Travis, emmenez-le. »

Ils traversèrent silencieusement la pièce, emportant
leurs fusils, vers la Machine, vers la masse argentée, vers
90 la lumière vrombissante[2].

Pour commencer, un jour et puis une nuit, et puis
encore un jour et une nuit encore, puis ce fut le jour, la
nuit, le jour, la nuit, le jour. Une semaine, un mois, une
année, une décennie, 2055 après Jésus-Christ, 2019,
95 1999, 1957 ! Partis ! La Machine vrombissait.

Ils mirent leur casque à oxygène et vérifièrent les joints.

Eckels, secoué sur sa chaise rembourrée, avait le visage
pâle, la mâchoire contractée. Il sentait les trépidations[3]
dans ses bras et, en baissant les yeux, il vit ses mains rai-
100 dies sur son nouveau fusil. Il y avait quatre hommes avec
lui dans la Machine : Travis, le guide principal, son aide
Lesperance, et deux autres chasseurs, Billings et Kramer.

---

1. On a établi aujourd'hui que les dinosaures ont disparu lors de l'extinction
Crétacé-Tertiaire il y a 66 millions d'années. Il aurait donc fallu remonter
quelques millions d'années plus tôt pour trouver des tyrannosaures en vie.
2. *Vrombissante* : grondante, vibrante.
3. *Les trépidations* : les secousses.

Ils se regardaient les uns les autres, et les années éclataient autour d'eux.

105 Eckels s'entendit dire :

«Est-ce que ces fusils peuvent au moins tuer un dinosaure ?»

Travis répondit dans son casque radio :

«Si vous le visez juste. Certains dinosaures ont deux
110 cerveaux; l'un dans la tête, l'autre loin derrière, dans la colonne vertébrale [1]. Ne vous en préoccupez pas. C'est au petit bonheur la chance. Visez les deux premières fois les yeux, aveuglez-le si vous pouvez, puis occupez-vous du reste.»

115 La Machine ronflait. Le Temps ressemblait à un film déroulé à l'envers. Des soleils innombrables couraient dans le ciel, suivis par dix millions de lunes.

«Bon Dieu, dit Eckels, le plus grand chasseur qui ait jamais vécu nous envierait aujourd'hui. Quand on voit
120 cela, l'Afrique ne vaut pas plus que l'Illinois [2].»

La Machine ralentit, le vacarme qu'elle faisait se transforma en murmure. Elle s'arrêta.

Le soleil se fixa dans le ciel.

Le brouillard qui avait entouré la Machine se dispersa
125 et ils se trouvèrent dans des temps anciens, très anciens en vérité, trois chasseurs et deux guides avec leurs fusils d'acier posés sur leurs genoux.

---

1. Cette hypothèse est aujourd'hui remise en cause : elle ne s'applique qu'aux stégosauridés, catégorie qui ne comprend pas les tyrannosaures, et l'on considère plutôt que la cavité qu'ils comportent à l'arrière de la colonne vertébrale était un point de rencontre de nerfs plutôt qu'un véritable second cerveau.
2. *L'Illinois* : État des États-Unis.

« Le Christ n'est pas encore né, dit Travis. Moïse[1] n'est pas encore monté sur la montagne pour y parler avec Dieu.

130 Les Pyramides sont encore dans les carrières attendant qu'on vienne les tailler et qu'on les érige. Pensez un peu : Alexandre[2], César[3], Napoléon[4], Hitler[5], aucun d'eux n'existe encore. »

D'un signe de tête les hommes approuvèrent.

135 « Ceci (Mr Travis souligna ses paroles d'un large geste), c'est la jungle d'il y a soixante millions deux mille cinquante-cinq années avant le président Keith. »

Il montra une passerelle métallique qui pénétrait dans une végétation sauvage, par-dessus les marais fumants de

140 vapeur, parmi les fougères géantes et les palmiers.

« Et cela, dit-il, c'est la Passerelle posée à six pouces au-dessus de la terre. Elle ne touche ni fleur ni arbre, pas même un brin d'herbe. Elle est construite dans un métal « antigravitation ». Son but est de vous empêcher de toucher

145 quoi que ce soit de ce monde du Passé. Restez sur la Passerelle. Ne la quittez pas. Je répète. Ne la quittez pas. Sous aucun prétexte. Si vous tombez au-dehors vous aurez une amende. Et ne tirez sur aucun animal à moins qu'on ne vous dise que vous pouvez le faire.

---

1. *Moïse* : premier prophète dans le judaïsme, le christianisme et l'islam. Il est celui qui a rapporté du mont Sinaï les Tables de la Loi (les dix commandements, dictés par Dieu).

2. *Alexandre* : Alexandre le Grand (v. 356-323 av. J.-C.), roi de Macédoine et grand conquérant.

3. *César* : Jules César (100-44 av. J.-C.), général romain et conquérant de la Gaule.

4. *Napoléon* : Napoléon Bonaparte (1769-1821), général conquérant et empereur français sous le nom de Napoléon Ier.

5. *Hitler* : Adolf Hitler (1889-1945), chancelier allemand et dictateur, fondateur du nazisme.

150   – Pourquoi ? » demanda Eckels.

Ils étaient dans la plus ancienne des solitudes. Des cris d'oiseaux lointains arrivaient sur les ailes du vent et il y avait une odeur de goudron, de sel marin, d'herbes moisies et de fleurs couleur de sang.

155   « Nous n'avons pas envie de changer le Futur. Nous n'appartenons pas à ce Passé. Le gouvernement n'aime pas beaucoup nous savoir ici. Nous devons payer de sérieux pots-de-vin pour garder notre autorisation. Une Machine à explorer le Temps est une affaire sacrément dangereuse. Si
160 on l'ignore, on peut tuer un animal important, un petit oiseau, un poisson, une fleur même et détruire du même coup un chaînon important d'une espèce à venir.

    – Ce n'est pas très clair, dit Eckels.

    – Bon, expliqua Travis, supposons qu'accidentellement
165 nous détruisons une souris ici. Cela signifie que nous détruisons en même temps tous les descendants futurs de cette souris. C'est clair ?

    – C'est clair.

    – Et tous les descendants des descendants des descen-
170 dants de cette souris aussi. D'un coup de pied malheureux, vous faites disparaître une, puis une douzaine, un millier, un million de souris à venir !

    – Bon, disons qu'elles sont mortes, approuva Eckels, et puis ?

175   – Et puis ?… (Travis haussa tranquillement les épaules.) Eh bien, qu'arrivera-t-il des renards qui ont besoin de ces souris pour vivre ? Privé de la nourriture que représentent dix renards, un lion meurt de faim. Un lion de moins et toutes sortes d'insectes, des aigles, des millions d'êtres
180 minuscules sont voués à la destruction, au chaos. Et voici

ce qui pourrait arriver cinquante-cinq millions d'années plus tard : un homme des cavernes – un parmi une douzaine dans le monde entier – va chasser, pour se nourrir, un sanglier ou un tigre ; mais vous, cher ami, vous avez
185 détruit tous les tigres de cette région. En tuant une souris. Et l'homme des cavernes meurt de faim. Et cet homme des cavernes n'est pas un homme parmi tant d'autres. Non ! Il représente toute une nation à venir. De ses entrailles auraient pu naître dix fils. Et ceux-ci auraient eu, à leur
190 tour, une centaine de fils à eux tous. Et ainsi de suite jusqu'à ce qu'une civilisation naisse. Détruisez cet homme et vous détruisez une race, un peuple, toute une partie de l'histoire de l'humanité. C'est comme si vous égorgiez quelques-uns des petits-fils d'Adam[1]. Le poids de votre
195 pied sur une souris peut déchaîner un tremblement de terre dont les suites peuvent ébranler, jusqu'à leurs bases, notre Terre et nos destinées, dans les temps à venir. Un homme des cavernes meurt à présent et des millions d'hommes qui ne sont pas encore nés périssent dans ses entrailles. Peut-
200 être Rome ne s'élèvera-t-elle jamais sur ses sept collines. Peut-être l'Europe restera-t-elle pour toujours une forêt vierge et seule l'Asie se peuplera, deviendra vigoureuse et féconde. Écrasez une souris et vous démolissez les Pyramides. Marchez sur une souris et vous laissez votre
205 empreinte, telle une énorme crevasse, pour l'éternité. La reine Élisabeth[2] pourrait ne jamais naître, Washington[3] ne

---

1. Petits-fils d'Adam : dans le judaïsme, le christianisme et l'islam, Adam est le premier homme créé par Dieu.
2. La reine Élisabeth : il s'agit ici d'Élisabeth II d'Angleterre (née en 1926).
3. Washington : George Washington (1732-1799), général et homme politique américain. Il commanda les armées qui luttèrent contre les Anglais pour obtenir l'indépendance de leur pays. Sa traversée du fleuve Delaware est un épisode célèbre de la guerre d'Indépendance américaine.

jamais traverser le Delaware, les États-Unis ne jamais figu-
rer sur aucune carte géographique. Aussi, prenez garde.
Restez sur la Passerelle. Ne faites pas un pas en dehors !

210   – Je vois en effet, dit Eckels. Ce serait grave, même si
nous ne touchions qu'un brin d'herbe ?

    – C'est bien cela. Écraser une petite plante de rien du
tout peut avoir des conséquences incalculables. Une petite
erreur ici peut faire boule de neige et avoir des répercus-
215 sions disproportionnées dans soixante millions d'années.
Évidemment, notre théorie peut être fausse. Peut-être
n'avons-nous aucun pouvoir sur le temps ; peut-être encore
le changement que nous provoquerions n'aurait-il lieu que
dans des détails plus subtils. Une souris morte ici peut
220 provoquer ailleurs le changement d'un insecte, un déséqui-
libre dans les populations à venir, une mauvaise récolte
un jour lointain, une balance économique déficitaire[1], une
famine et finalement changer l'âme même d'une société à
l'autre bout du monde. Ou bien quelque chose de plus
225 subtil encore : un souffle d'air plus doux, un murmure, un
rien, pollen égaré dans l'air, une différence si légère, si
légère qu'on ne pourrait s'en apercevoir à moins d'avoir le
nez dessus. Qui sait ? Qui peut honnêtement se vanter de
le savoir ? Nous l'ignorons. Nous n'en sommes qu'à des
230 conjectures[2]. Mais tant que nous nageons dans l'incerti-
tude sur la tempête ou le léger frémissement que peut créer
notre incursion[3] dans le Temps, nous devons être bougre-
ment prudents. Cette Machine, cette Passerelle, vos habits
ont été stérilisés, votre peau désinfectée avant le départ.

---

1. *Déficitaire* : voir note 1, p. 70.
2. *Des conjectures* : des suppositions, des hypothèses.
3. *Notre incursion* : notre voyage.

235 Nous portons ces casques à oxygène, pour qu'aucune des bactéries que nous pourrions transporter ne risque de pénétrer dans ce monde du Passé.

– Comment savoir, dans ce cas, sur quels animaux tirer ?

240 – Ils ont été marqués à la peinture rouge, répondit Travis. Aujourd'hui, avant notre départ, nous avons envoyé Lesperance avec la Machine, ici. Il nous a précédés dans cette époque du Passé et a suivi à la trace quelques-uns des animaux.

245 – Vous voulez dire qu'il les a étudiés ?

– C'est cela même, approuva Lesperance. Je les ai observés tout au long de leur existence. Peu vivent vieux. J'ai noté leurs saisons d'amour. Rares. La vie est courte. Quand j'en trouvais un qui allait être écrasé par la chute 250 d'un arbre ou qui allait se noyer dans une mare de goudron[1], je notais l'heure exacte, la minute, la seconde. Je lançais sur lui une cartouche de peinture. Elle laissait une grosse tache sur sa peau. Impossible de ne pas la voir. Puis j'ai calculé le moment de notre arrivée dans le Passé, pour 255 que nous rencontrions le Monstre deux minutes à peine avant l'heure où de toute façon il devait mourir. Nous tuons ainsi seulement des animaux déjà sacrifiés qui ne devaient plus se reproduire. Vous voyez jusqu'où nous poussons la prudence !

260 – Mais si vous n'êtes revenu que ce matin dans le déroulement du Temps, réplique avec passion Eckels, vous avez dû être projeté, télescopé à travers nous, à travers

---

1. Les mares de goudron existaient plutôt au cénozoïque, c'est-à-dire après l'extinction Crétacé-Tertiaire qui marque la fin des dinosaures, soit il y a 66 millions d'années.

notre groupe sur le chemin du retour. Comment tout cela a-t-il tourné ? Notre expédition a-t-elle réussi ? Avons-nous réussi à nous en tirer tous, indemnes ? »

Travis et Lesperance échangèrent un regard.

« Ce serait un paradoxe[1], dit le second d'entre eux. Le Temps ne souffrirait pas un tel gâchis, la rencontre d'un homme avec lui-même. Lorsque de telles possibilités se présentent, le Temps fait un écart sur lui-même. Comme un avion s'écarte de sa trajectoire en rencontrant une poche d'air. Avez-vous senti la Machine faire un bond juste au moment où elle allait s'arrêter ? C'était nous-mêmes, nous croisant sur le chemin du retour. Nous n'avons rien vu. Il nous serait impossible de dire si notre expédition a été un succès, si nous avons réussi à tuer notre monstre ou si nous avons réussi tous – je pense spécialement à vous, Mr Eckels – à nous en tirer vivants. »

Eckels sourit sans enthousiasme.

« Assez là-dessus, coupa court Travis. Tout le monde debout ! »

Ils étaient prêts à quitter la Machine.

La jungle autour d'eux était haute et vaste et le monde entier n'était qu'une jungle pour l'éternité. Des sons s'entrecroisaient, formant comme une musique, et le ciel était rempli de lourdes voiles flottantes : c'étaient des ptérodactyles[2] s'élevant sur leurs grandes ailes grises, chauves-souris gigantesques échappées d'une nuit de délire et de cauchemar. Eckels se balançait sur l'étroite passerelle, pointant son fusil ici et là, en manière de jeu.

---

1. *Un paradoxe* : une contradiction, une chose impossible.
2. *Ptérodactyles* : reptiles préhistoriques ailés.

«Arrêtez ça ! s'écria Travis. Ce n'est pas une plaisanterie à faire ! Si par malheur votre fusil partait !... »

Eckels devint écarlate.

«Je ne vois toujours pas notre Tyrannosaure... »

295 Lesperance regarda son bracelet-montre.

«Préparez-vous. Nous allons croiser sa route dans soixante secondes. Faites attention à la peinture rouge, pour l'amour de Dieu. Ne tirez pas avant que nous vous fassions signe. Restez sur la Passerelle. Restez sur la

300 Passerelle ! »

Ils avancèrent dans le vent du matin.

«Étrange, murmura Eckels. À soixante millions d'années d'ici, le jour des élections présidentielles est passé. Keith est élu président. Le peuple est en liesse[1]. Et

305 nous sommes ici : un million d'années en arrière et tout cela n'existe même plus. Toutes les choses pour lesquelles nous nous sommes fait du souci pendant des mois, toute une vie durant, ne sont pas encore nées, sont presque impensables.

310 – Soyez sur vos gardes ! commanda Travis. Premier à tirer, vous, Eckels. Second, Billings. Troisième, Kramer.

– J'ai chassé le tigre, le sanglier, le buffle, l'éléphant, mais cette fois, doux Jésus, ça y est, s'exclama Eckels, je tremble comme un gosse.

315 – Ah, fit Travis. »

Ils s'arrêtèrent.

Travis leva la main.

«Devant nous, chuchota-t-il. Dans le brouillard. Il est là. Il est là, Sa Majesté, le Tyrannosaure. »

---

1. *En liesse* : joyeux.

³²⁰ La vaste jungle était pleine de gazouillements, de bruissements, de murmures, de soupirs.

Et soudain, tout se tut comme si quelqu'un avait claqué une porte.

Le silence.

³²⁵ Un coup de tonnerre.

Sortant du brouillard, à une centaine de mètres, le Tyrannosaure rex avançait.

«Sainte Vierge, murmura Eckels.

– Chut!»

³³⁰ Il arrivait planté sur d'énormes pattes, à larges enjambées, bondissant lourdement. Il dépassait d'une trentaine de pas[1] la moitié des arbres, gigantesque divinité maléfique, portant ses délicates pattes de devant repliées contre sa poitrine huileuse de reptile. Par contre, chacune de ses ³³⁵ pattes de derrière était un véritable piston, une masse d'os, pesant mille livres[2], enserrée dans un réseau de muscles puissants, recouverte d'une peau caillouteuse et brillante, semblable à l'armure d'un terrible guerrier. Chaque cuisse représentait un poids d'une tonne de chair, d'ivoire et de ³⁴⁰ mailles d'acier. Et de l'énorme cage thoracique[3] sortaient ces deux pattes délicates, qui se balançaient devant lui, terminées par de vraies mains qui auraient pu soulever les hommes comme des jouets, pendant que l'animal aurait courbé son cou de serpent pour les examiner. Et la tête ³⁴⁵ elle-même était une pierre sculptée d'au moins une tonne portée allègrement dans le ciel. La bouche béante laissait

---

1. *Une trentaine de pas* : une dizaine de mètres.
2. *Mille livres* : une demi-tonne.
3. *Cage thoracique* : poitrine, poitrail.

voir une rangée de dents acérées[1] comme des poignards.
L'animal roulait ses yeux, grands comme des œufs
d'autruche, vides de toute expression, si ce n'est celle de
350 la faim. Il ferma sa mâchoire avec un grincement de mort.
Il courait, les os de son bassin écrasant les buissons, déraci-
nant les arbres, ses pattes enfonçant la terre molle, y impri-
mant des traces profondes de six pouces[2]. Il courait d'un
pas glissant comme s'il exécutait une figure de ballet,
355 incroyablement rapide et agile pour ses dix tonnes. Il
avança prudemment dans cette arène ensoleillée, ses belles
mains de reptile prospectant[3] l'air.

«« Mon Dieu ! (Eckels se mordit les lèvres.) Il pourrait
se dresser sur ses pattes et saisir la lune.

360 — Chut ! fit Travis furieux, il ne nous a pas encore vus.

— On ne pourra jamais le tuer. (Eckels prononça ce ver-
dict calmement comme si aucun argument ne pouvait lui
être opposé. Le fusil dans sa main lui semblait une arme
d'enfant.) Nous avons été fous de venir. C'est impossible.

365 — Taisez-vous enfin ! souffla Travis.

— Quel cauchemar !

— Allez-vous-en, ordonna Travis. Allez tranquillement
dans la Machine. Nous vous rendrons la moitié de votre
argent.

370 — Je n'aurais jamais pensé qu'il fût si grand, dit Eckels.
Je me suis trompé. Je veux partir d'ici.

— Il nous a vus.

— La peinture rouge est bien sur sa poitrine.»

---

1. *Acérées* : aiguisées, pointues.
2. *Six pouces* : quinze centimètres.
3. *Prospectant* : inspectant.

Le Lézard du Tonnerre se dressa sur ses pattes. Son
375 armure brillait de mille éclats verts, métalliques. Dans tous
les replis de sa peau, la boue gluante fumait et de petits
insectes y grouillaient de telle façon que le corps entier
semblait bouger et onduler même quand le Monstre restait
immobile. Il empestait. Une puanteur de viande pourrie se
380 répandit sur la savane.

«Sortez-moi de là, s'écria Eckels. Je n'ai jamais été dans
cet état. Je savais toujours que je m'en sortirais vivant.
J'avais des bons guides, c'étaient des vraies parties de
chasse, j'avais confiance. Cette fois-ci, j'ai mal calculé. Je
385 suis hors du jeu et le reconnais. C'est plus que je ne peux
supporter.

– Ne vous affolez pas. Retournez sur vos pas. Attendez-
nous dans la Machine.

– Oui.»

390 Eckels semblait engourdi. Il regardait ses pieds comme
s'ils étaient rivés[1] au sol. Il poussa un gémissement
d'impuissance.

«Eckels!»

Il fit quelques pas, tâtonnant comme un aveugle.

395 «Pas par là!»

Le Monstre, dès qu'il les vit bouger, se jeta en avant en
poussant un terrible cri. En quatre secondes, il couvrit une
centaine de mètres. Les hommes visèrent aussitôt et firent
feu. Un souffle puissant sortit de la bouche du Monstre,
400 les plongeant dans une puanteur de bave et de sang décom-
posé. Il rugit et ses dents brillèrent au soleil.

Eckels, sans se retourner, marcha comme un aveugle
vers le bout de la Passerelle; traînant son fusil dans sa

---

1. *Rivés* : fixés.

main, il descendit de la Passerelle et marcha sans même
405 s'en rendre compte dans la jungle. Ses pieds s'enfonçaient
dans la mousse verte. Il se laissait porter par eux, et il se
sentit seul, et loin de tout ce qu'il laissait derrière lui.

Les carabines tirèrent à nouveau. Leur bruit se perdit
dans le vacarme de tonnerre que faisait le lézard. Le levier
410 puissant de la queue du reptile se mit en marche, balaya la
terre autour de lui. Les arbres explosèrent en nuages de
feuilles et de branches. Le Monstre étendit ses mains
presque humaines pour étreindre les hommes, les tordre,
les écraser comme des baies[1], les fourrer entre ses
415 mâchoires, pour apaiser son gosier gémissant. Ses yeux
globuleux[2] étaient à présent au niveau des hommes. Ils
pouvaient se mirer dedans. Ils firent feu sur les paupières
métalliques, sur l'iris d'un noir luisant.

Comme une idole de pierre[3], comme une avalanche de
420 rochers, le Tyrannosaure s'écroula. Avec un terrible bruit,
arrachant les arbres qu'il avait étreints, arrachant et tordant
la Passerelle d'acier. Les hommes se précipitèrent en
arrière. Les dix tonnes de muscles, de pierre, heurtèrent la
terre. Les hommes firent feu à nouveau. Le Monstre balaya
425 encore une fois la terre de sa lourde queue, ouvrit ses
mâchoires de serpent et ne bougea plus. Un jet de sang
jaillit de son gosier. À l'intérieur de son corps, on entendit
un bruit de liquide. Ses vomissures trempaient les chasseurs. Ils restaient immobiles, luisants de sang.

430 Le tonnerre avait cessé.

---

1. *Baies* : petits fruits.
2. *Globuleux* : exorbités.
3. *Idole de pierre* : statue représentant une divinité.

La jungle était silencieuse. Après l'avalanche, la calme paix des végétaux. Après le cauchemar, le matin.

Billings et Kramer s'étaient assis sur la Passerelle et vomissaient. Travis et Lesperance, debout, leurs carabines
435 encore fumantes, juraient ferme[1].

Dans la Machine, face contre terre, Eckels, couché, tremblait. Il avait retrouvé le chemin de la Passerelle, était monté dans la Machine.

Travis revint lentement, jeta un coup d'œil sur Eckels,
440 prit du coton hydrophile dans une boîte métallique, retourna vers les autres, assis sur la Passerelle.

«Nettoyez-vous.»

Ils essuyèrent le sang sur leurs casques. Eux aussi, ils commencèrent à jurer. Le Monstre gisait, montagne de
445 chair compacte. À l'intérieur, on pouvait entendre des soupirs et des murmures pendant que le grand corps achevait de mourir, les organes s'enrayaient[2], des poches de liquide achevaient de se déverser dans des cavités ; tout finissait par se calmer, par s'éteindre à jamais. Cela ressemblait à
450 l'arrêt d'une locomotive noyée, ou à la chaudière d'un bateau qu'on a laissée s'éteindre, toutes valves ouvertes, coincées. Les os craquèrent ; le poids de cette énorme masse avait cassé les délicates pattes de devant, prises sous elle. Le corps s'arrêta de trembler.

455 On entendit un terrible craquement encore. Tout en haut d'un arbre gigantesque, une branche énorme se cassa, tomba. Elle s'écrasa sur la bête morte.

«Et voilà ! (Lesperance consulta sa montre.) Juste à temps. C'est le gros arbre qui était destiné dès le début à

---

1. *Juraient ferme* : prononçaient beaucoup de jurons.
2. *S'enrayaient* : s'arrêtaient.

tomber et à tuer l'animal. (Il regarda les deux chasseurs.) Voulez-vous la photo-trophée ?

– Quoi ?

– Vous avez le droit de prendre un témoignage pour le rapporter dans le Futur. Le corps doit rester sur place, là où il est mort, pour que les insectes, les oiseaux, les microbes le trouvent là où ils devaient le trouver. Tout à sa place. Le corps doit demeurer ici. Mais nous pouvons prendre une photo de vous à ses côtés. »

Les deux hommes essayèrent de rassembler leurs esprits, mais ils renoncèrent, secouant la tête.

Ils se laissèrent conduire le long de la Passerelle. Ils se laissèrent tomber lourdement sur les coussins de la Machine. Ils jetèrent encore un regard sur le Monstre déchu, la masse inerte, l'armure fumante à laquelle s'attaquaient déjà d'étranges oiseaux-reptiles et des insectes dorés. Un bruit sur le plancher de la Machine les fit se redresser. Eckels, assis, continuait à frissonner.

« Excusez-moi, prononça-t-il enfin.

– Debout ! lui cria Travis. »

Eckels se leva.

« Sortez sur la Passerelle, seul. (Travis le menaçait de son fusil.) Ne revenez pas dans la Machine. Vous resterez ici ! »

Lesperance saisit le bras de Travis.

« Attends…

– Ne te mêle pas de ça ! (Travis secoua la main sur son bras.) Ce fils de cochon a failli nous tuer. Mais ce n'est pas ça. Diable non. Ce sont ses souliers ! Regardez-les. Il est descendu de la Passerelle. C'est notre ruine ! Dieu seul sait ce que nous aurons à payer comme amende. Des dizaines

de milliers de dollars d'assurance! Nous garantissons que personne ne quittera la Passerelle. Il l'a quittée. Sacré idiot! Nous devrons le signaler au gouvernement. Ils peuvent nous enlever notre licence[1] de chasse. Et Dieu seul
495 sait quelles suites cela aura sur le Temps, sur l'Histoire!

– Ne t'affole pas. Il n'a fait qu'emporter un peu de boue sur ses semelles.

– Qu'en sais-tu? s'écria Travis. Nous ignorons tout! C'est une sacrée énigme. Sortez, Eckels!»
500 Eckels fouilla dans les poches de sa chemise.

«Je payerai tout. Cent mille dollars!»

Travis jeta un regard vers le carnet de chèques d'Eckels et cracha.

«Sortez. Le Monstre est près de la Passerelle. Plongez
505 vos bras jusqu'aux épaules dans sa gueule. Puis vous pourrez revenir avec nous.

– Ça n'a pas de sens!

– Le Monstre est mort, sale bâtard! Les balles! Nous ne pouvons pas laisser les balles derrière nous. Elles
510 n'appartiennent pas au Passé; elles peuvent changer quelque chose. Voici mon couteau. Récupérez-les.»

La vie de la jungle avait repris, elle était à nouveau pleine de murmures, de cris d'oiseaux. Eckels se retourna lentement pour regarder les restes de l'animal préhisto-
515 rique, cette montagne de cauchemar et de terreur. Après un moment d'hésitation, comme un somnambule, il se traîna dehors, sur la Passerelle.

Il revint en frissonnant cinq minutes plus tard, ses bras couverts de sang jusqu'aux épaules. Il tendit les mains.

---

1. *Licence* : permis, autorisation.

₅₂₀ Chacune renfermait un certain nombre de balles d'acier.
Puis il s'écroula. Il resta sans mouvement là où il était
tombé.

« Tu n'aurais pas dû lui faire faire ça, dit Lesperance.

– En es-tu si sûr ? C'est un peu tôt pour en juger. (Travis
₅₂₅ poussa légèrement le corps étendu.) Il vivra. Et une autre
fois, il ne demandera plus à aller à des parties de chasse
de ce calibre[1]. Eh bien ? (Il fit péniblement un geste du
pouce vers Lesperance.) Mets en marche. Rentrons ! »

1492. 1776. 1812.

₅₃₀ Ils se lavèrent les mains et le visage. Ils changèrent leurs
chemises et leurs pantalons tachés de sang caillé.

Eckels revenu à lui, debout, se taisait. Travis le regardait
attentivement depuis quelques minutes.

« Avez-vous fini de me regarder ? s'écria Eckels. Je n'ai
₅₃₅ rien fait.

– Qu'en savez-vous ?

– Je suis descendu de la Passerelle, c'est tout, et j'ai un
peu de boue sur mes chaussures. Que voulez-vous que je
fasse, me mettre à genoux et prier ?

₅₄₀ – Vous devriez le faire. Je vous avertis, Eckels, je pourrais encore vous tuer. Mon fusil est prêt, chargé.

– Je suis innocent, je n'ai rien fait ! »

1999. 2000. 2055.

La Machine s'arrêta.

₅₄₅ « Sortez, dit Travis. »

Ils se trouvaient à nouveau dans la pièce d'où ils étaient
partis. Elle était dans le même état où ils l'avaient laissée.

---

1. *De ce calibre* : de ce niveau.

Pas tout à fait le même cependant. Le même homme était bien assis derrière le guichet. Mais le guichet n'était pas tout à fait pareil lui non plus.

Travis jeta un regard rapide autour de lui.

«Tout va bien ici ? fit-il sèchement.

– Tout va bien. Bon retour !»

Travis était tendu. Il paraissait soupeser la poussière dans l'air, examiner la façon dont les rayons de soleil pénétraient à travers la haute fenêtre.

«Ça va, Eckels, vous pouvez partir. Et ne revenez jamais !»

Eckels était incapable de bouger.

«Vous m'entendez, dit Travis. Que regardez-vous ainsi ?»

Eckels, debout, humait l'air, et, dans l'air il y avait quelque chose, une nuance nouvelle, une variation chimique, si subtile, si légère que seul le frémissement de ses sens alertés l'en avertissait. Les couleurs – blanc, gris, bleu, orange – des murs, des meubles, du ciel derrière les vitres, étaient... étaient...

On sentait quelque chose dans l'air. Son corps tremblait, ses mains se crispaient. Par tous les pores de sa peau, il sentait cette chose étrange. Quelqu'un, quelque part, avait poussé un de ces sifflements qui ne s'adressent qu'au chien. Et son être entier se figeait aux écoutes.

Hors de cette pièce, derrière ce mur, derrière cet homme qui n'était pas tout à fait le même homme, assis derrière ce guichet qui n'était pas tout à fait le même guichet... il y avait tout un monde d'êtres, de choses...

Comment se présentait ce monde nouveau, on ne pouvait le deviner. Il le sentait en mouvement, là, derrière les

murs comme un jeu d'échecs dont les pièces étaient pous-
580 sées par un souffle violent. Mais un changement était
visible déjà : l'écriteau imprimé, sur le mur, celui-là même
qu'il avait lu tantôt, lorsqu'il avait pénétré pour la première
fois dans ce bureau. On y lisait :

Soc. La chas[1] *à traver les âge*
585 *Parti de chas dans le Passé*
Vou choisises l'animal.
Nou vou transportons.
Vou le tuez.

Eckels se laissa choir[2] dans un fauteuil. Il se mit à grat-
590 ter comme un fou la boue épaisse de ses chaussures. Il
recueillit en tremblant une motte de terre. «Non, cela ne
peut être. Non, pas une petite chose comme celle-ci.
Non !...»
Enchâssé[3] dans la boue, jetant des éclairs verts, or et
595 noirs, il y avait un papillon admirable et, bel et bien, mort.
«Pas une petite bête pareille, pas un papillon !» s'écria
Eckels.
Une chose exquise[4] tomba sur le sol, une petite chose
qui aurait à peine fait pencher une balance, à peine ren-
600 versé une pièce de domino, puis une rangée de pièces de
plus en plus grandes, gigantesques, à travers les années et
dans la suite des Temps. Eckels sentit sa tête tourner. Non,
cela ne pouvait changer les choses. Tuer un papillon ne
pouvait avoir une telle importance.

---

1. *La chas* : la chasse. La plupart des mots du panneau ont été modifiés.
2. *Choir* : tomber.
3. *Enchâssé* : emprisonné.
4. *Exquise* : délicate.

605 Et si pourtant cela était ?

Il sentit son visage se glacer. Les lèvres tremblantes, il demanda :

« Qui… qui a vaincu aux élections présidentielles hier ? »

L'homme derrière le guichet éclata de rire.

610 « Vous vous moquez de moi ? Vous le savez bien. Deutcher naturellement ! Qui auriez-vous voulu d'autre ? Pas cette sacrée chiffe molle[1] de Keith. Nous avons enfin un homme à poigne, un homme qui a du cœur au ventre, pardieu ! (L'employé s'arrêta.) Quelque chose ne va pas ? »

615 Eckels balbutia, tomba à genoux. À quatre pattes, les doigts tremblants, il cherchait à saisir le papillon doré.

« Ne pourrions-nous pas !… (Il essayait de se convaincre lui-même, de convaincre le monde entier, les employés, la Machine.) Ne pourrions-nous pas le ramener là-bas, lui 620 rendre la vie ? Ne pourrions-nous pas recommencer ? Ne pourrions-nous… »

Il ne bougeait plus. Les yeux fermés, tremblant, il attendait. Il entendit le souffle lourd de Travis à travers la pièce, il l'entendit prendre la carabine, lever le cran d'arrêt, épau-625 ler l'arme.

Il y eut un coup de tonnerre.

© Éditions Denoël, 1956.

---

1. *Cette sacrée chiffe molle* : ce fichu incapable.

PETIT GLOSSAIRE DE LA SCIENCE-FICTION

ANTICIPATION : Une œuvre d'anticipation décrit le monde tel qu'il pourrait être dans un futur proche (dans quelques années ou dizaines d'années) ou plus lointain (dans quelques siècles ou milliers d'années). La caractéristique d'un texte d'anticipation est la crédibilité de l'avenir décrit, sa vraisemblance. Pour cela, des détails sont empruntés à la réalité actuelle et quotidienne de l'écrivain et des événements véridiques sont mélangés avec d'autres, imaginés.

CYBERPUNK : Le *cyberpunk* explore les mondes de l'informatique, le cyberespace, la notion d'intelligence artificielle (IA), les liens entre esprit humain et machines, les manipulations du corps humain par la science. Les récits de ce genre se déroulent dans un univers *high-tech* urbanisé, sombre et dystopique (voir ci-après). Ils s'inspirent beaucoup du roman policier, notamment dans la mise en scène de héros désabusés qui se heurtent à un monde désespérant.

DYSTOPIE (OU CONTRE-UTOPIE) : Une dystopie est un récit de fiction dans lequel une société imaginaire empêche ses membres d'atteindre le bonheur. On la définit également comme une utopie inversée, c'est-à-dire un monde où la mise en place d'un système politique qui vise la perfection conduit finalement au résultat contraire, c'est-à-dire à un monde d'espionnage permanent, de suspicion, de suppression des libertés et d'épuration.

HARD SCIENCE : La *hard science* est une science-fiction crédible et qui s'appuie sur des faits vérifiables. Ses œuvres présentent des intrigues vraisemblables : elles sont compatibles avec les théories scientifiques de l'époque de la rédaction. Elles s'appuient donc sur un arrière-plan scientifique solide dans de nombreuses sciences exactes : astronomie, physique, mathématiques, chimie, biologie... Ses auteurs sont souvent des chercheurs ou des ingénieurs.

POST-APOCALYPSE (OU POST-APO) :
Le *post-apo* désigne un sous-genre de la science-fiction qui dépeint la vie après une catastrophe ayant détruit la civilisation : guerre nucléaire, collision avec une météorite, épidémie, crise énergétique, catastrophe écologique... Il se distingue des fictions de catastrophe, qui mettent en scène le cataclysme lui-même.

SPACE OPERA (OU PLANET OPERA) :
Terme anglo-saxon désignant un « opéra de l'espace » et construit sur la base de l'expression *soap opera* qui désignait, dans les années 1940, des émissions de radio sponsorisées par des marques de lessive, et qui possède donc une connotation péjorative.
Le *space* (ou *planet*) *opera* désigne des récits de voyage dans l'espace (ou sur des planètes) mettant en scène l'exploration de nouveaux mondes, la découverte de civilisations extraterrestres et des guerres galactiques mêlant l'aventure à la science-fiction.

STEAMPUNK : Le *steampunk* est un type de récit qui mêle la technologie du XIXᵉ siècle, notamment la machine à vapeur, l'uchronie (voir ci-après) et la magie. Il se plaît notamment à évoquer de grandes figures historiques et littéraires du XIXᵉ siècle et de célèbres personnages de fiction liés à cette époque, comme Sherlock Holmes ou Dracula.

UCHRONIE : Le terme est né au XIXᵉ siècle. Il repose sur l'hybridation des termes « utopie » et « chronos », le temps. L'uchronie représente la partie historique de la science-fiction. En effet, les récits uchroniques reposent sur le principe de la récriture de l'histoire à partir de la modification d'un événement passé, qu'on appelle « point de divergence ». Ils constituent ainsi une sorte d'histoire parallèle.

DOSSIER

Parcours de lecture

▶ Fabrice Colin, « Potentiel humain 0,487 » (p. 59-88)

1. Reconstituez le schéma narratif de la nouvelle. Comment est-elle structurée ?

2. Relevez les différentes étapes de la transformation physique et morale de Humberdeen. Cette transformation est-elle seulement négative ?

3. À la fin de la nouvelle, Humberdeen s'est-il entièrement transformé en machine ? Quels indices vous permettent de répondre ?

▶ Isaac Asimov, « Satisfaction garantie » (p. 91-118)

1. Reconstituez le schéma narratif de la nouvelle. Comment est-elle structurée ?

2. Quelles sont les différentes étapes de la relation entre Claire et Tony ? Sur quelle partie du corps de Tony Claire focalise-t-elle son attention ? Pourquoi, à votre avis ?

3. En quoi peut-on considérer qu'il s'agit d'une nouvelle à chute ? Comment cette chute est-elle préparée ?

4. Reconstituez le portrait physique, technique et moral de Tony. En quoi diffère-t-il d'un humain ?

▶ Johan Heliot, « L'Ami qu'il te faut » (p. 119-132)

1. Reconstituez le schéma narratif de la nouvelle. Comment est-elle structurée ?

2. Dans quelle mesure peut-on parler d'une nouvelle à chute ? Comment cette chute est-elle préparée ?

3. Au début de la nouvelle, comment le texte nous pousse-t-il à croire que « l'ami » n'est pas humain ?

4. Quel type d'enfant la société transforme-t-elle en « ami » ? Pourquoi et comment ? Qu'en pensez-vous ?

5. Comment comprenez-vous les allusions à l'histoire de la Seconde Guerre mondiale dans le texte ?

▶ Ray Bradbury, « Un coup de tonnerre » (p. 135-158)

1. Reconstituez le schéma narratif de la nouvelle. Comment est-elle structurée ?

2. En quoi peut-on dire qu'elle se termine sur une double chute ? Par quels indices le début de la nouvelle prépare-t-il la chute de la fin ?

3. Comment le voyage dans le temps est-il représenté d'un point de vue littéraire ?

4. Quelles implications peut-il avoir sur le futur ? Quelle image permet de comprendre les conséquences du voyage des personnages dans le passé ?

La figure du savant

(groupement de textes n° 1)

La science-fiction a contribué à forger l'image du savant fou, un personnage largement répandu dans la littérature et le cinéma. Le docteur Frankenstein et le docteur Moreau sont souvent cités comme ses représentants les plus emblématiques. Cependant, les personnages de savants sont souvent bien plus variés et plus riches qu'il y paraît. En témoigne le capitaine Nemo, par exemple, qui demeure plus ambigu.

Zoom sur : le savant fou

Selon Manuel Montoya[1], le savant fou, tel qu'il apparaît dans les romans, les bandes dessinées et le cinéma, s'inscrit dans une intrigue qui suit un schéma-type et présente huit caractéristiques principales :
– c'est un véritable scientifique mais son travail est méconnu ou méprisé ;
– il cherche à se venger de ce mépris en œuvrant à devenir maître du monde ;
– il travaille donc en secret dans des lieux cachés ;
– il recrute des collaborateurs qui se trouvent souvent être des criminels ;
– il se fabrique lui-même d'autres collaborateurs (robots, cyborgs[2], automates, chimères[3], zombies...) ;
– une erreur ou un accident révèle au monde la nature de ses travaux ;
– certains collaborateurs du savant fou se révoltent ;
– le savant fou finit victime d'une de ses propres créatures ou inventions.

---

1. « De Carlo Gelati à Espérandieu et le docteur Chou : savants fous et discours tératologique dans l'œuvre de Jacques Tardi », *Le Savant fou*, Rennes, Hélène Machinal (dir.), Presses universitaires de Rennes, 2013, p. 211-228.
2. *Cyborgs* : voir note 1, p. 21.
3. *Chimères* : monstres fabuleux dont les différentes parties du corps résultent d'un assemblage de plusieurs animaux.

Mary Shelley, *Frankenstein* (1818)

En 1818, alors qu'elle a seulement dix-neuf ans, la Britannique Mary Shelley (1797-1851) publie un roman considéré par beaucoup comme la première œuvre de science-fiction : *Frankenstein ou le Prométhée* [1] *moderne.* Jeune savant suisse, Victor Frankenstein réalise la prouesse scientifique de créer un être vivant à partir de morceaux de chair qu'il assemble dans son laboratoire, mais sa créature se transformera en monstre sanguinaire incontrôlable...

[Le mystère de la vie]

Un des phénomènes qui avaient particulièrement attiré mon attention était la structure du corps humain, et à la vérité, de tous les animaux doués de vie. Quelle était donc, me demandais-je souvent, l'origine du principe de la vie ? Question audacieuse, et que toujours on a considérée comme mystérieuse ; pourtant, combien de secrets ne sommes-nous pas sur le point de pénétrer [2], si seulement la lâcheté ou la négligence ne limitaient pas nos recherches ! Je roulais en mon esprit toutes ces pensées, et finis par décider de m'appliquer particulièrement aux branches des sciences naturelles qui touchent à la physiologie [3]. Si je n'avais été animé d'un enthousiasme presque surnaturel, mon application à ce sujet aurait été fastidieuse [4], et presque intolérable. Pour rechercher les causes de la vie, il est indispensable d'avoir d'abord recours à la mort. J'appris donc l'anatomie ; mais cela ne suffisait point ; il me fallait en outre observer la désagrégation et la corruption [5] naturelle du corps humain. Au cours de mon éducation, mon père avait pris le plus grand soin pour que nulle horreur surnaturelle n'impressionnât mon esprit. Je ne me rappelle pas avoir tremblé en entendant un conte superstitieux, ni avoir

---

1. *Prométhée* : voir note 1, p. 9.
2. *Pénétrer* : comprendre, résoudre.
3. *Physiologie* : voir note 4, p. 37.
4. *Fastidieuse* : épuisante.
5. *La désagrégation et la corruption* : la décomposition et la dégradation.

eu peur de l'apparition d'un fantôme. Les ténèbres n'avaient point d'effet sur mon imagination, et un cimetière n'était, à mes yeux, que le réceptacle de corps privés de vie qui, après avoir été le temple de la beauté et de la force, étaient devenus la nourriture des vers. Voici que j'étais amené à examiner la cause et les étapes de cette corruption, et contraint de passer des jours et des nuits dans les caveaux et les charniers[1]. Mon attention se fixait sur chacun des objets les plus insupportables pour la délicatesse des sentiments humains. Je voyais la forme magnifique de l'homme s'enlaidir et disparaître ; j'observais la corruption de la mort succéder à la fraîcheur des joues vivantes ; je voyais le ver prendre pour héritage les merveilles de l'œil et du cerveau. Je m'arrêtais, examinant et analysant tous les détails du passage de la cause à l'effet, tels que les révèle le changement entre la vie et la mort, entre la mort et la vie, jusqu'au moment où, du milieu de ces ténèbres, surgit soudain devant moi la lumière... une lumière si éclatante et si merveilleuse, et pourtant si simple, qu'ébloui par l'immensité de l'horizon qu'elle illuminait, je m'étonnai que, parmi tant d'hommes de génie, dont les efforts avaient été consacrés à la même science, il m'eût été réservé à moi seul de découvrir un secret aussi émouvant.

Mary Shelley, *Frankenstein ou le Prométhée moderne*,
trad. Germain Dangest, GF-Flammarion, 2015,
chapitre IV, p. 112-113.

Questionnaire de lecture

1. Quelle est la motivation principale de Frankenstein ?

2. En quoi peut-on le qualifier de « Prométhée[2] moderne » ?

3. Correspond-il à la figure du savant fou ? Selon quels critères ?

---

1. Charniers : endroits où sont enterrés les cadavres qui n'ont pas de sépulture.
2. Prométhée : voir note 1, p. 9.

H.G. Wells, *L'Île du docteur Moreau* (1896)

L'Île du docteur Moreau est l'un des romans les plus célèbres de Wells. Il a été adapté de nombreuses fois au cinéma. L'auteur y raconte comment un naufragé, Edward Prendick, découvre sur une île du Pacifique une société composée d'hommes-bêtes. Ils sont les résultats des expérimentations du docteur Moreau, qui a voulu transformer des animaux en humains à part entière par le moyen de greffes.

[L'homme, un animal comme les autres]

«Ainsi, reprit-il [1], pendant vingt ans entiers – en comptant neuf années en Angleterre – j'ai travaillé, et il y a encore quelque chose dans tout ce que je fais qui déjoue mes plans, qui me mécontente, qui me provoque à de nouveaux efforts. Quelquefois je dépasse mon niveau, d'autres fois je tombe au-dessous, mais toujours je reste loin des choses que je rêve. La forme humaine, je puis l'obtenir maintenant, presque avec facilité, qu'elle soit souple et gracieuse, ou lourde et puissante, mais souvent j'ai de l'embarras [2] avec les mains et les griffes – appendices douloureux que je n'ose façonner trop librement. Mais c'est la greffe et la transformation subtiles qu'il faut faire subir au cerveau qui sont mes principales difficultés. L'intelligence reste souvent singulièrement primitive, avec d'inexplicables lacunes [3], des vides inattendus. Et le moins satisfaisant de tout est quelque chose que je ne puis atteindre, quelque part – je ne puis déterminer où – dans le siège des émotions. Des appétits, des instincts, des désirs qui nuisent à l'humanité, un étrange réservoir caché qui éclate soudain et inonde l'individualité tout entière de la créature : de colère, de haine ou de crainte. Ces êtres que j'ai façonnés vous ont paru étranges et dangereux aussitôt que vous avez commencé à les observer, mais à moi, aussitôt que je les ai achevés, ils

---

1. C'est le docteur Moreau qui parle en s'adressant à Prendick.
2. *De l'embarras* : de la difficulté.
3. *Lacunes* : manques de connaissances.

me semblent être indiscutablement des êtres humains. C'est après, quand je les observe, que ma conviction disparaît. D'abord, un trait animal, puis un autre, se glisse à la surface et m'apparaît flagrant [1]. Mais j'en viendrai à bout, encore. Chaque fois que je plonge une créature vivante dans ce bain de douleur cuisante, je me dis : cette fois, toute l'animalité en lui sera brûlée, cette fois je vais créer de mes mains une créature raisonnable. Après tout, qu'est-ce que dix ans ? Il a fallu des centaines de milliers d'années pour faire l'homme. »

Il parut plongé dans de profondes pensées.

« Mais j'approche du but, je saurai le secret… »

H.G. Wells, *L'Île du docteur Moreau*, trad. Henry-D. Davray, Mercure de France, 1901, chapitre VIII.

Questionnaire de lecture

1. Quelle est la motivation principale du docteur Moreau ?
2. En quoi diffère-t-il de Frankenstein ?
3. Selon vous, correspond-il à la figure du savant fou ?

◎ Jules Verne, *Vingt Mille Lieues sous les mers* (1869-1870)

Vingt Mille Lieues sous les mers, l'un des plus célèbres romans de Jules Verne, met en scène un sous-marin extraordinaire, le *Nautilus*, commandé et conçu par le capitaine Nemo. Le professeur Aronnax, son domestique Conseil et le harponneur canadien Ned Land ont vu leur navire coulé par le *Nautilus*. Recueillis à bord, ils découvrent une machine extraordinaire. Après un long voyage sous les mers, ils aperçoivent un navire au loin.

---

1. *Flagrant* : évident.

[L'esprit de vengeance]

Ned Land prit son mouchoir pour l'agiter dans l'air. Mais il l'avait à peine déployé que, terrassé[1] par une main de fer, malgré sa force prodigieuse, il tombait sur le pont.

« Misérable, s'écria le capitaine, veux-tu donc que je te cloue sur l'éperon[2] du *Nautilus* avant qu'il ne se précipite contre ce navire ! »

Le capitaine Nemo, terrible à entendre, était plus terrible encore à voir. Sa face avait pâli sous les spasmes[3] de son cœur, qui avait dû cesser de battre un instant. Ses pupilles s'étaient contractées effroyablement. Sa voix ne parlait plus, elle rugissait. Le corps penché en avant, il tordait sous sa main les épaules du Canadien.

Puis, l'abandonnant et se retournant vers le vaisseau de guerre dont les boulets pleuvaient autour de lui :

« Ah ! tu sais qui je suis, navire d'une nation maudite[4] ! s'écria-t-il de sa voix puissante. Moi, je n'ai pas eu besoin de tes couleurs pour te reconnaître ! Regarde ! Je vais te montrer les miennes ! »

Et le capitaine Nemo déploya à l'avant de la plate-forme un pavillon[5] noir semblable à celui qu'il avait déjà planté au pôle Sud.

À ce moment, un boulet frappant obliquement la coque du *Nautilus*, sans l'entamer, et passant par ricochet près du capitaine, alla se perdre en mer.

Le capitaine Nemo haussa les épaules. Puis, s'adressant à moi[6] :

« Descendez, me dit-il d'un ton bref, descendez, vous et vos compagnons.

– Monsieur, m'écriai-je, allez-vous donc attaquer ce navire ?

---

1. Terrassé : renversé sur le sol.
2. L'éperon : la pointe à l'avant du bateau, destinée à percer la coque des navires ennemis.
3. Spasmes : ici, mouvements irréguliers.
4. Il s'agit de la Grande-Bretagne. On apprend dans *L'Île mystérieuse* (1875) que Nemo est en fait un prince indien nommé Dakkar. Il déteste la Grande-Bretagne qui a colonisé l'Inde et entraîné l'assassinat de son épouse et de ses enfants.
5. Un pavillon : un drapeau.
6. Le professeur Aronnax est le narrateur-personnage.

– Monsieur, je vais le couler.

– Vous ne ferez pas cela !

– Je le ferai, répondit froidement le capitaine Nemo. Ne vous avisez pas de me juger, monsieur. La fatalité[1] vous montre ce que vous ne deviez pas voir. L'attaque est venue. La riposte sera terrible. Rentrez.

– Ce navire, quel est-il ?

– Vous ne le savez pas ? Eh bien ! tant mieux ! Sa nationalité, du moins, restera un secret pour vous. Descendez. »

Le Canadien, Conseil et moi, nous ne pouvions qu'obéir. Une quinzaine de marins du *Nautilus* entouraient le capitaine et regardaient avec un implacable[2] sentiment de haine ce navire qui s'avançait vers eux. On sentait que le même souffle de vengeance animait toutes ces âmes.

Je descendis au moment où un nouveau projectile éraillait[3] encore la coque du *Nautilus*, et j'entendis le capitaine s'écrier :

«Frappe, navire insensé ! Prodigue[4] tes inutiles boulets ! Tu n'échapperas pas à l'éperon du *Nautilus*. Mais ce n'est pas à cette place que tu dois périr ! Je ne veux pas que tes ruines aillent se confondre avec les ruines du Vengeur[5] ! »

Je regagnai ma chambre. Le capitaine et son second étaient restés sur la plate-forme. L'hélice fut mise en mouvement, le *Nautilus*, s'éloignant avec vitesse se mit hors de la portée des boulets du vaisseau. Mais la poursuite continua, et le capitaine Nemo se contenta de maintenir sa distance.

Vers quatre heures du soir, ne pouvant contenir l'impatience et l'inquiétude qui me dévoraient, je revins vers l'escalier central. Le panneau était ouvert. Je me hasardai sur la plate-forme. Le capitaine s'y promenait encore d'un pas agité. Il regardait le navire qui lui

---

1. *La fatalité* : le destin.

2. *Implacable* : ici, cruel, féroce.

3. *Éraillait* : couvrait de rayures.

4. *Prodigue* : envoie, distribue.

5. *Les ruines du Vengeur* : référence aux ruines du temple de Mars vengeur à Rome, dédié à Mars, dieu de la guerre.

restait sous le vent à cinq ou six milles[1]. Il tournait autour de lui comme une bête fauve, et l'attirant vers l'est, il se laissait poursuivre. Cependant, il n'attaquait pas. Peut-être hésitait-il encore ?

Je voulus intervenir une dernière fois. Mais j'avais à peine interpellé le capitaine Nemo, que celui-ci m'imposait silence :

« Je suis le droit, je suis la justice ! me dit-il. Je suis l'opprimé, et voilà l'oppresseur ! C'est par lui que tout ce que j'ai aimé, chéri, vénéré, patrie, femme, enfants, mon père, ma mère, j'ai vu tout périr ! Tout ce que je hais est là ! Taisez-vous ! »

Jules Verne, *Vingt Mille Lieues sous les mers*, GF-Flammarion, 2005, deuxième partie, chapitre XXI, p. 500-502.

Questionnaire de lecture

1. Sachant que Nemo signifie « personne » en latin, de quel personnage de la mythologie grecque peut-on rapprocher le capitaine ? Effectuez une recherche, si besoin, afin de justifier votre réponse.

2. Quelle est la motivation du capitaine Nemo ?

3. Correspond-il à la figure du savant fou ? Justifiez votre réponse.

---

1. *Cinq ou six milles* : environ dix kilomètres. Le mille est une unité de mesure de distance utilisée en navigation maritime et aérienne. Un mille correspond à 1 852 mètres.

La société de contrôle[1]

(groupement de textes n° 2)

 Alain Damasio, *La Zone du Dehors* (1999)

Né en 1969, Alain Damasio est un auteur de science-fiction français qui s'intéresse à des sujets politiques et contemporains tels que la société de contrôle. Son premier roman, *La Zone du Dehors*, décrit la société de Cerclon en 2084. Sur un satellite de Saturne, les habitants se surveillent les uns les autres. Un groupuscule contestataire, la Volte, se rebelle contre ces conditions de vie.

[La surveillance des corps]

Partout des surfaces polies, des murs droits, des angles à l'équerre, des cercles parfaits. Partout des sols lisses, des portes adéquates aux carrures[2]. Partout des objets faits par l'homme, pour l'homme, des poignées au bout des mains, des tapis pour marcher… Taux d'oxygène constant. Humidité constante. Température constante. Constante gravité. Notre monde physique a été stabilisé, jusqu'au raffinement. Il a été adapté au plus petit dénominateur commun de nos paresses et de nos peurs, si bien adapté… qu'on ne s'adapte plus à rien, que le plus petit changement d'état nous est fatal : un courant d'air nous grippe. Naturellement la médecine masque bien des lacunes[3]. Elle procède sur nos organes comme Slift[4] avec ses glisseurs : elle change les pièces défectueuses, en place

---

1. Cette expression est utilisée notamment par le philosophe Gilles Deleuze (1925-1995) pour désigner une société où le contrôle des individus ne se manifeste plus à travers l'enfermement (la prison, etc.) mais à travers un contrôle continu, véhiculé entre autres par l'information instantanée.
2. *Adéquates aux carrures* : adaptées à la taille des hommes.
3. *Lacunes* : voir note 3, p. 167.
4. *Slift* : un des personnages principaux du roman, membre de la Volte.

de meilleures sur les déjà bonnes, elle peinturlure pour cacher la rouille. Mais il ne faut pas être dupe : le corps de l'homme moderne est *déchéant*. Il s'est affaibli au cours des siècles. L'espérance de vie est passée de 40 à 95 ans. N'est-ce pas la preuve que l'on vit à moindre régime, pour durer, qu'il n'y a plus de débauche d'énergie ni d'excès de force, tout simplement parce qu'on n'a plus cette force des excès ?

Que nos forces affectent d'autres forces ou en soient affectées, qu'elles les intègrent ou les subjuguent[1], qu'elles les affrontent ou s'y associent, elles tiraient toujours de cette confrontation un surcroît d'énergie. En combattant les animaux, les parasites et les microbes, en s'abritant du blizzard, de la neige et du gel, en coupant la végétation, en dynamitant la rocaille, en asséchant l'humide et en irriguant le sec, l'espèce humaine s'aguerrissait[2] – tout en s'élevant. Puis les victoires ont été capitalisées. Elles ont été récupérées par les générations suivantes, et perfectionnées. Les Cerclons ne sont que l'aboutissement de ce processus : un monde d'où tout ce qui dérange ou heurte, d'où tout ce qui n'est pas humain, humanoïde ou humanisé a été purement et simplement éradiqué... [...]

Avancer[3] tout cela, je le savais, c'était à peine prendre la mesure du problème. Je prélevais quelques plantes vénéneuses sans comprendre encore la nature du sol où elles pouvaient pousser.

Car ce constat – la baisse tendancielle de la vitalité –, tout le monde, peu ou prou, en avait l'expérience dans son corps. Si les gens vivaient avec, ils ne s'en satisfaisaient pas pour autant. Ils voulaient rester « dynamiques et performants ». Mais sans se fatiguer, mon Dieu ! Chaque muscle, chaque nerf de Cerclonnien était coincé-pincé dans cet étau que vissaient en sens contraire le culte de la performance et la loi du moindre effort. Mais il y avait un dépassement dialectique[4] ! On avait trouvé une synthèse à la contradiction :

---

1. *Subjuguent* : domptent, dominent.
2. *S'aguerrissait* : s'habituait aux conditions de vie difficiles et en devenait plus forte et plus résistante.
3. *Avancer* : ici, supposer.
4. *Il y avait un dépassement dialectique* : on voulait aller plus loin que la raison ne le permet.

si nous voulions un corps performant et qu'il refusait l'effort, ne fallait-il pas changer de corps ? Lui substituer, pièce par pièce, méthodiquement, de la fibre élastique, des greffes de matériau, des implants informatiques, bref de la technologie efficace qui supplée à ses insuffisances ?

Depuis trente ans, appelée par cette logique, avait émergé une science : celle des technogreffes. Elle postulait ceci : tout corps, aussi sain et robuste soit-il, est fondamentalement handicapé ; que par conséquent, tout citoyen qui se veut performant a besoin de se faire enkyster [1] un petit boîtier dans la colonne vertébrale pour s'impulser, aux moments désirés, des décharges électriques dans le système nerveux ! Ce n'était qu'un début. D'autres découvertes suivraient, nous rassuraient-ils... parce qu'il y avait incontestablement une demande ! Et forte ! [...]

Inconsciemment, mon regard s'arrêta sur la butte de l'antirade qui me séparait de Cerclon. J'eus un frisson et je me dis pour en finir avec mes pensées : bientôt, nous serons des squelettes en plastique. Dévitalisés, nous serons. Simples d'esprit. À ne plus comprendre qu'un rocher ne soit pas lisse. Impropres au chaud-froid, inaptes à marcher sur des cailloux, incapables d'éprouver sans électricité, de ressentir une bise [2]. L'espèce humaine aura achevé son étrange développement à rebours. Elle aura conquis sa place au dernier rang des bêtes, comme l'animal le moins adapté au monde physique, le cobaye dégénéré. S'il faut se battre, c'est contre ça : contre la coalition des pouvoirs qui dévitalisent le corps et qui de toute évidence se servent de cette dévitalisation, même s'ils n'ont pu ou su l'orchestrer intégralement, pour nous maintenir dans des existences où sécurité, simplicité, facilité et constance forment les pratiques cardinales [3] de la décadence des instincts. Et eux-mêmes, hommes de gouvernement, journalistes et directeurs exercent leur pouvoir tête basse, eux-mêmes exsudent [4] une autorité prudente, gestionnaire, qui ne vise

---

1. *Enkyster* : implanter.
2. *Une bise* : un vent froid.
3. *Les pratiques cardinales* : les activités principales.
4. *Exsudent* : ici, expriment.

plus qu'à se maintenir, qui *n'arrive plus* qu'à se maintenir, péniblement, comme nos existences.

Alain Damasio, *La Zone du Dehors*,
© Gallimard, coll. «Folio SF», 2014.

Questionnaire de lecture

1. Comment le corps humain est-il décrit ici?

2. De quelle manière s'effectue le contrôle de la société sur les individus?

3. En quoi ce texte dénonce-t-il le transhumanisme[1]?

 ## Aldous Huxley, *Le Meilleur des mondes* (1932)

Aldous Huxley (1894-1963), écrivain britannique, est célèbre pour son roman dystopique[2] *Le Meilleur des mondes*, dans lequel il décrit une société totalitaire qui exerce une dictature insidieuse sur ses habitants, notamment en créant des castes[3] dès la naissance en laboratoire. Dans l'extrait suivant, des étudiants visitent l'un de ces laboratoires où l'on « éduque » les castes inférieures baptisées Delta, habillées de kaki et conditionnées pour des tâches manuelles.

[Le conditionnement des cerveaux]

«Posez-les par terre.»

On déchargea les enfants.

«À présent, tournez-les de façon qu'ils puissent voir les fleurs et les livres.»

---

1. *Transhumanisme* : voir note 1, p. 5.

2. *Dystopique* : voir le glossaire, p. 159.

3. *Castes* : groupes qui occupent une fonction spécifique dans la société.

Tournés, les bébés firent immédiatement silence, puis ils se mirent à ramper vers ces masses de couleur brillantes, ces formes si gaies et si vives sur les pages blanches. Tandis qu'ils s'en approchaient, le soleil se dégagea d'une éclipse momentanée où l'avait maintenu un nuage. Les roses flamboyèrent comme sous l'effet d'une passion interne soudaine ; une énergie nouvelle et profonde parut se répandre sur les pages luisantes des livres. Des rangs des bébés rampant à quatre pattes s'élevaient de petits piaillements[1] de surexcitation, des gazouillements et des sifflotements de plaisir.

Le Directeur se frotta les mains :

« Excellent ! dit-il. On n'aurait guère fait mieux si ç'avait été arrangé tout exprès. »

Les rampeurs les plus alertes étaient déjà arrivés à leur but. De petites mains se tendirent, incertaines, touchèrent, saisirent, effeuillant les roses transfigurées, chiffonnant les pages illuminées des livres. Le Directeur attendit qu'ils fussent tous joyeusement occupés. Puis :

« Observez bien », dit-il. Et, levant la main, il donna le signal.

L'Infirmière-Chef, qui se tenait à côté d'un tableau de commandes électriques à l'autre bout de la pièce, abaissa un petit levier.

Il y eut une explosion violente. Perçante, toujours plus perçante, une sirène siffla. Des sonneries d'alarme retentirent, affolantes.

Les enfants sursautèrent, hurlèrent ; leur visage était distordu de terreur.

« Et maintenant, cria le Directeur (car le bruit était assourdissant), maintenant, nous passons à l'opération qui a pour but de faire pénétrer la leçon bien à fond, au moyen d'une légère secousse électrique. »

Il agita de nouveau la main, et l'Infirmière-Chef abaissa un second levier. Les cris des enfants changèrent soudain de ton. Il y avait quelque chose de désespéré, de presque dément, dans les hurlements perçants et spasmodiques[2] qu'ils lancèrent alors. Leur petit corps se contractait et se raidissait : leurs membres s'agitaient en mouvements saccadés, comme sous le tiraillement de fils invisibles.

---

1. *Piaillements* : voir note 1, p. 124.
2. *Spasmodiques* : ici, brusques, saccadés.

«Nous pouvons faire passer le courant dans toute cette bande de plancher, glapit [1] le Directeur en guise d'explication, mais cela suffit», dit-il comme signal à l'infirmière.

Les explosions cessèrent, les sonneries s'arrêtèrent, le hurlement de la sirène s'amortit, descendant de ton en ton jusqu'au silence. Les corps raidis et contractés se détendirent, et ce qui avait été les sanglots et les abois de fous furieux en herbe se répandirent de nouveau en hurlements normaux de terreur ordinaire.

«Offrez-leur encore une fois les fleurs et les livres.»

Les infirmières obéirent; mais à l'approche des roses, à la simple vue de ces images gaiement coloriées du minet, du cocorico et du mouton noir qui fait bêê, bêê, les enfants se reculèrent avec horreur; leurs hurlements s'accrurent soudain en intensité.

«Observez, dit triomphalement le Directeur, observez.»

Les livres et les bruits intenses, les fleurs et les secousses électriques, déjà, dans l'esprit de l'enfant, ces couples étaient liés de façon compromettante [2]; et, au bout de deux cents répétitions de la même leçon ou d'une autre semblable, ils seraient mariés indissolublement. Ce que l'homme a uni, la nature est impuissante à le séparer.

«Ils grandiront avec ce que les psychologues appelaient une haine "instinctive" des livres et des fleurs. Des réflexes inaltérablement conditionnés. Ils seront à l'abri des livres et de la botanique pendant toute leur vie. – Le Directeur se tourna vers les infirmières. – Remportez-les.»

Toujours hurlant, les bébés en kaki furent chargés sur leurs serveuses et roulés hors de la pièce, laissant derrière eux une odeur de lait aigre et un silence fort bien venu.

Aldous Huxley, Le Meilleur des mondes, trad. Jules Castier,
© Plon, coll. «Feux croisés», 2013.

---

1. *Glapit* : aboya.
2. *Compromettante* : dangereuse.

Questionnaire de lecture

1. Comment les cerveaux sont-ils conditionnés ?

2. Quel est l'intérêt de pousser les Delta à haïr les livres et les fleurs ?

3. Comment la science et les scientifiques participent-ils à cette entreprise totalitaire ?

Pierre Bordage, « Césium 137 » (2005)

Né en 1955, Pierre Bordage est un auteur de science-fiction français (voir l'entretien en introduction, p. 3) qui a composé de nombreuses nouvelles [1]. Dans « Césium 137 », il décrit l'errance d'enfants atteints de maladies terribles. Pensant que Césium 137 est une sorte de démon, ils décident d'aller à sa rencontre et découvrent un homme inconnu : Balthazar.

[La fabrique de la mémoire]

Balthazar leur raconta qu'il était le premier à descendre dans la zone contaminée depuis cent quarante ans. Il parlait au travers d'un micro dont il pouvait régler le son. Sa combinaison était faite d'un matériau souple et tout nouveau qui l'isolait de la radioactivité (c'est comme ça qu'il appelait la malédiction des démons). On apercevait son visage, derrière son masque transparent et teinté de jaune, son visage aux traits fins et réguliers, un visage qui semblait venir d'un autre monde, appartenir à une autre espèce. Le réacteur nucléaire (l'autre nom de l'antre du démon) avait explosé une nuit de juin 2008, on ne savait pas pourquoi, peut-être une action terroriste, peut-être l'usure, peut-être une négligence humaine... Le gouvernement de l'époque avait immédiatement bouclé la zone irradiée en

---

1. Voir, du même auteur, *Nouvelle Vie*[TM] *et autres récits*, Flammarion, coll. « Étonnants Classiques », 2017.

espérant que les vents ne disperseraient pas trop le nuage nucléaire (les démons échappés de leur antre). Balthazar leur montra un compteur qui, lorsqu'il pressait le bouton sur le côté, émettait d'affreux crépitements. Ça signifiait que le pays de la quarantaine n'était pas habitable pour les gens comme lui. Et qu'il resterait interdit aux autres hommes sans doute pendant des millénaires. Déjà, avec sa combinaison protectrice, son masque et l'air pur qu'il avait emporté avec lui, il n'était pas certain à cent pour cent de revenir indemne de son expédition. Il se déclarait en tout cas très heureux de converser avec des quarantaines[1]. Parfois des larmes coulaient de ses yeux tandis qu'il s'emportait contre la folie des hommes. Il leur affirma qu'ils n'avaient pas à craindre les démons et qu'ils devaient suivre les sages conseils de leurs parents : rester le plus possible sous terre pour éviter de respirer de trop grandes quantités de radionucléides[2] (Andra adorait ce mot).

En fin d'après-midi, alors que les nuages se déchiraient et révélaient un ciel bleu sombre, un grondement déchira le silence, puis, après que Balthazar eut échangé quelques mots avec un invisible interlocuteur, une sorte de cage descendit des hauteurs et vint flotter à quelques mètres de lui, soutenue par une chaîne. Visiblement ému, il souhaita bon courage à Andra et aux deux garçons avant de s'y installer et de s'agripper aux barreaux. La cage s'éleva tout doucement et disparut dans les airs. Le grondement s'estompa.

« Alors, comme ça, on peut pas lutter contre Césium 137, soupira Joz après un interminable moment de mutisme. On peut pas combattre l'air qu'on respire ni l'eau qu'on boit. »

Il paraissait déçu : il avait sans doute prévu de défier le démon comme les chevaliers des temps anciens se mesuraient aux dragons.

« Oui, mais, maintenant qu'on sait, on aura plus la trouille, rétorqua Puc. On n'est pas des maudits, seulement les descendants de ceux qui ont eu la malchance d'habiter dans le coin.

---

1. *Quarantaines* : personnes mises en quarantaine.
2. *Radionucléides* : atomes dont le noyau est instable et qui émettent des rayonnements radioactifs.

– Ben, si ça c'est pas une malédiction, je sais pas ce qu'il te faut, grogna Joz.

– Moi, je le trouve gentil, Balthazar, dit Andra. J'espère qu'on le reverra. On devrait retourner aux terriers maintenant. On a pas mal de trucs à raconter. »

Pierre Bordage, *Nouvelles vertes* (collectif),
© Éditions Thierry Magnier, 2005.

Questionnaire de lecture

1. Que Balthazar révèle-t-il sur le passé ?
2. Comment les enfants expliquaient-ils la situation avant cette révélation ?
3. En quoi la catastrophe a-t-elle créé deux humanités inégales ?

L'homme 2.0
(éducation aux médias et à l'information)

 L'art transhumaniste

Le transhumanisme peut être défini comme un mouvement culturel et intellectuel international qui prône l'usage des sciences et des techniques afin d'améliorer les caractéristiques physiques et mentales des êtres humains. Les articles sur les sites Internet de Wikipédia ou de l'Association française transhumaniste peuvent vous donner une idée plus précise de cette notion.

Un courant de pensée controversé

Rendez-vous sur le site Internet du magazine *Sciences et Avenir*[1] pour en apprendre davantage sur ce courant de pensée et sur les controverses qu'il soulève. Utilisez un moteur de recherche puis tapez le nom des auteurs et les titres des articles suivants :

– François Berger, « Le transhumanisme est un charlatanisme dangereux », 20.08.2016

– Anne-Laure Boch, « Nous risquons de provoquer une vague de déception », 15.04.2016

– Bernard Stiegler, « Le transhumanisme est un néodarwinisme dangereux », 14.12.2016

Selon ces articles, quels sont les problèmes posés par le transhumanisme ? Après avoir identifié les différents arguments exposés par les scientifiques, vous exposerez votre point de vue.

Au-delà de l'humain ?

L'assemblage du corps et de la technique est aussi développé par de nombreux artistes contemporains qui s'intéressent au concept du transhumanisme et imaginent à travers leurs œuvres ce que pourrait être l'avenir de l'espèce humaine.

En voici une sélection :

– Vincent Fournier, *The Unbreakable Heart* (« Le Cœur indestructible », 2015) ;

– Stahl Stenslie, *Sense:less* (1996) ;

– Stelarc, *Muscle Machine* (2003).

1. Après avoir effectué une recherche sur chacune de ces œuvres, vous rédigerez une brève présentation de celles-ci.

2. Quels sont les points communs entre toutes ces œuvres ? À partir de vos réponses, vous déterminerez les principes de l'art transhumaniste. La lecture du texte de Marianne Cloutier, *Imaginer le posthumain* (2009), livre de Maxime Coulombe, peut vous aider. Il est accessible sur le site d'art cielvariable.ca, à l'adresse : cielvariable.ca/maxime-coulombe-imaginer-le-posthumain-marianne-cloutier/.

---

1. www.sciencesetavenir.fr

🖋 Robots et avatars

Les robots et les avatars sont extrêmement variés dans l'imaginaire de la science-fiction et peuvent prendre de nombreuses formes. Rendez-vous sur le site www.futura-sciences.com et consultez le dossier intitulé « Robots & Avatars [1] », en cherchant des informations sur les créatures suivantes :
- les robots
- les mechas
- les cyborgs [2]
- les clones
- les intelligences artificielles
- les avatars
- les *ghosts*

Après avoir approfondi vos recherches, vous proposerez un exposé sur l'une de ces créatures en donnant une définition de la notion, puis une description de son utilisation aujourd'hui, et enfin ses diverses manifestations dans les productions imaginaires, telles que les films, les bandes dessinées et les romans.

Un livre, un film

Bienvenue à Gattaca d'Andrew Niccol (États-Unis, 1997)

À sa sortie en 1997, *Bienvenue à Gattaca* connaît un grand succès critique, malgré des entrées décevantes. Ce film d'anticipation [3]

---

1. www.futura-sciences.com/tech/dossiers/robotique-robots-avatars-936/
2. *Cyborg* : voir note 1, p. 21.
3. Voir le glossaire, p. 159.

■ Affiche de *Bienvenue à Gattaca* d'Andrew Niccol (1997).

décrit notre monde dans un avenir proche, froid et aseptisé, où les chances de chacun dépendent de son patrimoine génétique. L'un des thèmes principaux est l'eugénisme[1]. En effet, dans le film, les parents peuvent choisir le génome de leurs enfants et des tests ADN servent à sélectionner les personnes jugées aptes aux tâches les plus éminentes.

Le film suit les parcours croisés de deux personnages marginaux. Le premier est Vincent Freeman (Ethan Hawke), qui rêve de devenir astronaute malgré une prédisposition aux maladies cardiaques. Le second est Jerome Eugene Morrow (Jude Law), ancien champion de natation au patrimoine génétique impeccable mais qui, confronté à des échecs, tente de se suicider et devient hémiplégique[2]. Les deux hommes s'associent : Jerome fournit des échantillons ADN et cède son identité à Vincent, qui poursuit une carrière d'élève astronaute à Gattaca. En échange, Vincent lui reverse une partie de son salaire. Andrew Niccol a réalisé de nombreux autres films de science-fiction, son genre de prédilection. Dans *S1M0NE* (2002), il décrit un réalisateur hollywoodien qui crée une actrice n'ayant d'existence que numérique et qui est rapidement dépassé par le succès de sa création. Dans *Time Out* (2011), il imagine que le temps de vie est devenu une unité monétaire et que les pauvres sont condamnés à une existence brève tandis que les riches deviennent presque immortels. Ainsi, comme les nouvelles du recueil, ses films interrogent le progrès scientifique. *Bienvenue à Gattaca* montre à la fois son versant positif (le héros veut et peut explorer l'espace) et son versant négatif (le biocontrôle fabrique une société totalitaire). Il renvoie à la nature de l'être humain et aux manières de l'améliorer, tout en montrant les dangers d'une telle entreprise.

---

1. *Eugénisme* : ensemble des méthodes et des pratiques visant à améliorer le patrimoine génétique de l'espèce humaine.
2. *Hémiplégique* : paralysé d'un côté.

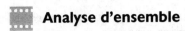

Analyse d'ensemble

1. Comment le film propose-t-il une science-fiction originale ? Relevez d'abord les différents éléments typiques du genre dans le film. En quoi le décor, en particulier, diffère-t-il des films de science-fiction qui se passent dans l'espace ?

2. Le motif du miroir revient tout au long du film. Montrez que le scénario est construit sur un jeu de doubles en identifiant les éléments qui fonctionnent par deux. À votre avis, pourquoi le réalisateur a-t-il fait ce choix de mise en scène ?

3. Vous commenterez les références aux éléments naturels dans le film, en particulier l'élément liquide. En quoi ces éléments sont-ils symboliques ?

Analyse de la séquence d'ouverture (du début à 00.07.32)

Bienvenue... dans un univers typique de la science-fiction

1. Comment le générique utilise-t-il les inscriptions à l'écran ? À quoi celles-ci font-elles référence ?

2. En quoi cette scène d'introduction donne-t-elle tous les éléments nécessaires à la compréhension du spectateur ?

3. De quelle manière le réalisateur parvient-il néanmoins à instaurer un effet de suspens ?

Des personnages hors du commun

1. Comment le physique du personnage principal est-il présenté ?

2. Comme dans de nombreux films de science-fiction, les personnages font référence à des figures mythiques. Pourquoi le premier personnage qui prend la parole, Josef, évoque-t-il la sainteté ?

3. Étudiez plus en détail les caractéristiques du personnage de Jerome. Comment la contradiction entre le patrimoine génétique et l'excellence est-elle montrée à travers lui ?

Cet ouvrage a été mis en page par

<pixellence>

Imprimé à Barcelone par:
BLACK PRINT

N° d'édition : L.01EHRN000526.C005
Dépôt légal : juin 2017